# 眼戒

水鬼

著

上海文艺出版社

# 目录

001      眼　戒

017      水乳记

037      五食记

063      食色两相

083      古典夜生活

105      南梦客栈

129      朱门晚宴

141      童年旧事

165　　衣　钵

177　　油流鬼哭灯

195　　比试之前

217　　沉　舟

223　　夜　话

229　　捉鬼记

237　　说　书

243　　鬼　宴

249　　荒　庙

# 眼　戒

二月，河面结着一层薄薄的冰，来挑水的小和尚听见清脆的冰裂声，雾气之中显出一条船来，离近了才看清船上坐着一男一女。

碎冰融进河里，船泊到岸边，男人扶着女人下了船，船摇晃了一下，慢慢缩了回去，小和尚说："船要流走了，你们不把它绑起来吗？"

那对男女看了一眼船，又看一眼小和尚，转眼望着河对岸的大山大雾，不出声。船离着岸，小和尚急起来，脱了布鞋，就往河里走，要去攀那条船。冰冷的河水刺骨的凉，水浸到小和尚的脖颈时，他的手攀在船沿上，费力将它扯回岸，将船上的缆绳缚在岸上的一块大石上。他正要嗔怪，却见眼前的这对男女已经脱得没有遮拦，携手朝河中走去。

小和尚第一次见到女人的身体，肌肤紧致，他呆愣愣地赤脚踩在河边的石子上，直到两个人消失在河水之中时，他才慌起来，扎进河中去寻人。

河水混沌，肌肤与水共着一色，女人头发的黑让小和尚辨清了她的方位。他奋力一挺，在水中见到女人的脸，那女人睁着眼，一脸怪笑地看着他。他牵住女人的手，往上提着，然而阻力过大，女人攥着男人的手，怎么也不肯松开。小和尚做了人生中颇为重要的一次选择，他沉下身子，花大力气掰开了他们的手，单手环住女人的腰，双脚一缩一伸，头已经浮出水面，费着大气力往河边泅去。

女人已经昏迷，抱着她，手第一次触摸到女人的肌肤，光滑得如同陶瓷。船中有棉被，小和尚用岸上男人的衣服将她身上的水擦干，放在船中的被子上。他的呼吸乱起来，将被子的一边叠在女人的身体上，慢慢又褪去一角，露出女人的胸。他闭着眼睛，试探性地将手贴在女人的胸上。他的脸有些狰狞，何其痛苦，但还是将手在她的胸上滑过去，像化缘时翻山越岭，到了平原，见到屋舍和炊烟，一切又都归于平静。

不知过了多久，他才想起河中的另一个人。师父说，救人一命，胜造七级浮屠。他望一眼山上的七级浮屠白塔，又望一眼河面，想必男人早已闭气。他斜抱着女人，

眼　戒

摁着她的小腹,过了一阵,女人嘴里溢出一些水,软软地睁着眼睛。

小和尚慌张地将她放下,用被子掩上她的身体。女人看着眼前这个光着脑袋的人,弱弱问道:"我死了吗?"

小和尚说:"你死过一次了,现在好好活着咧。"

女人说:"他呢?"

小和尚说:"他?"有些不安地说:"我没能救下他。"

女人不说话,窝在被子里静静闭眼躺着。

河中雾气已经散尽,阳光照在小和尚湿漉漉的衣服上,蒸腾起水汽。脖颈上的绒毛开始舒展,热热的,痒痒的。已经耽搁了不少时辰,师父在寺里一定恼怪他挑担水怎么去了这么久。小和尚说:"我看,你先随我到寺里去吧?"

小和尚将她的衣服捡起来放在被子上,说:"你把衣服先穿上,穿好了我们就上山去。"

他背过身,候了一阵,并没听到女人穿衣服的声响,就又说:"我已经转过身去了,你穿吧。"

背后寂静无声,女人侧身看着小和尚的背,终于说:"你不用管我,你把缆绳解了,船流到哪里就是哪里。"

小和尚一听,说:"那可不行,下游就是青浪滩,水凶得很,人家打鱼的船都被卷进去过。"

女人不肯穿衣，后来小和尚没办法，总不能将她裸身背上山，于是将她的衣服塞进棉被，将女人裹在棉被里，扛着上了山。

上山的路上，小和尚一路被人注目，有人问起，小和尚便说："山下的施主怕我们在寺里冷，就送了条被子。"

师父在寺里早已等得不耐烦，时候已近日中，早斋做饭的水还不见挑上来，见小和尚扛着被子上山，不见了水桶，一脸烦躁地说："水桶呢？你不是下山挑水去了吗？你抱床被子上来做什么？"

小和尚说："师父，被子里是个人。"

师父问："男人还是女人？"

小和尚说："女人。"

师父吓了一跳，铁了脸，说："你偷个女人上山做什么！传出去可不得了！"

小和尚说："这是我在河边救的女人，她要沉水，我把她救上来了。"

师父指手画脚，说："赶紧放进去，"又问："路上没人见到吧？"

"我就说是床被子。"小和尚说。

挟着女人的被子春卷一样放在卧房床上，师父正伸手要滚被子，小和尚赶紧拦下来，说："不行。"

师父止住手，皱眉盯着小和尚，小和尚说："她没穿东西。"

"好呀，"师父缩回手，"那你是什么都见着了吧！哎，罪孽，你已经破了眼戒！"

破了眼戒，长这么大，小和尚可是第一次破戒。他忧愁无比，不知如何是好，暗暗下了决心，晚上要多念十页经文再入睡。被子在床上滚起来，女人的脚露了出来，师父大叫一声，说不好，就闭了眼睛，又吩咐小和尚："快些找块布来。"

小和尚找了块布回到卧房，女人已经完全裸在被子外，师父闭眼站着，他把布递过去，师父接了蒙住眼睛，绕了一圈绑在头上。

"让她穿衣。"师父说。

小和尚畏畏缩缩看着她，用手遮了眼睛，五指却又空出缝隙，说："你把衣服穿上。"

女人并不穿衣，坐在床上，说："我要到大殿拜拜菩萨。"

"拜完菩萨你就穿衣。"小和尚说。

女人自语似的回了一句："拜完菩萨我就穿衣。"

小和尚试着问师父："她拜完菩萨就穿衣，怎样？"

师父说："你用布把佛像的眼睛都遮上。"

小和尚用布遮了佛像的眼睛，引着女人到大殿。她赤身跪在蒲团上，弯下腰，蜷缩得像只虾。等她站起来时，眼睛湿湿的，走到卧房，将自己衣服穿上，说："我要下山了。"

小和尚说："你不能走，你下山又去寻死，现在放你走那就是杀生。"

师父问："衣服穿上了吗？"

小和尚答："穿上了。"

师父解下黑布，看到女人，喉咙鼓了一下，说："你在这里先住着，感受一下佛法，等你开解了再走。"

女人坐在卧房，什么话也不说，两个和尚走出去，关了门，小和尚指着门闩，轻声说："要不要闩上？"

师父皱着眉，说："不行，闩门就是囚禁，咱们出家人可不能这样。"

小和恍然大悟，还是师父觉悟高，就问："那怎么办？"

师父摸着下巴，说："咱俩轮流在这外面守着，每日诵经，如果她真要走，咱们也只能规劝。"接着，沉吟片刻说："她为什么要寻死？"

小和尚说："我不是去河边挑水吗，她和一个男的搭船到河边，然后两个人就往河里走，我没能救下那个男的。"

师父听了，哦了一声，说："原来如此，想必是殉情。"

"殉情是什么？"小和尚不懂。

"就是两个人都不想活了。水桶呢？你快些下山把水挑上来。"

小和尚挑水上来，倾完水，就走到卧房门口，师父已经盘腿坐在那儿，敲着木鱼，神情肃穆地念着佛经。小和尚走过去，说水到了，师父就站起来，让小和尚坐下去念经，自己则去了厨房，洗起萝卜白菜，切了豆腐放热油锅里煎。做好饭，师父端了两碗码着菜的饭，一碗递给小和尚，开了门，把另一碗放在卧房的木桌上，留下一句"趁热吃"的话就走了出去。

是夜，小和尚值守。女人出来要小解，开门见小和尚坐在地上，就问："茅房在哪里？"

小和尚站起来，说："我带你过去。"

小和尚站在茅房外，张耳细听，一阵泉水流经石头的声响，这声音好像和他自己的有些不一样。等回到卧房，女人又说："有热水吗？我要洗澡。"

小和尚说："有，我让师父去烧。"

师父劈柴烧了一锅热水，把浴盆提到女人睡的卧房，将一桶热水倒在盆里，旁边留着半桶冷水，拎着一只空桶冷冷地走了出去。女人在里面洗澡，小和尚在外面竖耳听，水声听得他焦躁，他跪在地上，挨着门缝看，那女人好似发觉了她，也往门口看，她从浴盆走出来，小和尚立马又回到原位，盘腿坐着。女人开了门，湿漉漉的身上发着油灯的光，她弯腰扶起小和尚，小和尚的腿不听使唤似的直了起来。

"你怕吗？你已经在河边看过我的身子了。"

她搂着小和尚的脑袋，贴在自己的胸上，小和尚不敢呼吸，然后她笑一下，松开手，小和尚抬起头，擦着脸，手掌发潮，不知是汗还是水，他吸几下鼻子，"哇"一声哭出来，吓了女人一大跳。

"师父说我有慧根，日后可是得道高僧，可是我已经破了眼戒。"

女人呆愣着，也不洗了，擦干身子，就蒙了被子窝在床上。小和尚抱着木盆，走到后院，正要倒水，手指触到了水的余温，不知怎的就舍不得倒，将整只手沉在水里，脱下僧衣，蜷在浴盆里泡着，放眼看着漆黑的夜空。

或许是女人受了佛法的感动，谁知道，外人听不懂，只是格外吵闹，也说不定，虔心者能从这吵闹中听出寂静。女人没有换洗的衣服，穿了小和尚的僧衣，白天也不总是窝在卧房，偶尔也在寺里走着。师父怕她扰到前来上香的人，又担忧她想不通，下山再去投河，或者从后山的大石头跳下去。

天气转暖，后山的草叶比平常都绿，她掐下一株，在小和尚的头顶荡着。小和尚耐不住，说："痒。"

她咧嘴笑着，说："你不是要做得道高僧吗？这点痒都受不住？"

小和尚一听"得道高僧"，那可是他平生最大的愿望，就纳一口气，闭着眼睛，任她荡着。她把小和尚的僧衣轻轻扯开，用草在他的胸前扫着。

"那次在河边，我迷迷糊糊感觉有只手在摸我的胸。"

小和尚不好意思，现在她用草扫自己的胸口，也许是对他的报复，想明白了这一点，他也就不再约束她的手，即便她把那株草换成了一只纤细的手。他意识到自己的身体在膨胀，又好像几个野人将自己绑了丢在沸水锅里熬，终于他耐不住，压住了她的手，睁开眼，与她对视着，他说："你带我破戒吧？"

女人笑起来，说："破什么戒？"

小和尚说："就是咱们抱在一起。"

小和尚说完，又忧伤起来，师父说他有慧根，想必是他看走了眼，又说："破完戒我就还俗，我对不起师父他老人家。你破吧，我定力不够。"

小和尚躺在草地上,女人正要触摸他鼓胀的根,只听天空中刺耳的锐响,像是一只大鸟飞过,紧接着一声炸雷似的巨响,吓得小和尚立马萎了下去,惊跳起来,再一看,山下已经腾起黑烟。女人也吓得不轻,紧紧抱着小和尚。二人抬头望天,只见一架飞机在县城上空盘旋,跟着又投下第二颗炸弹。

战争说来就来,猝不及防。女人也不急着寻死了,她觉得自己随时都会死,不定哪天在寺庙里睡着,一颗炸弹下来,就平掉了七级浮屠白塔。小和尚和师父也不再每日守着女人,两个和尚大开眼戒,断肢、头颅、血流、浮尸,短短几天内,真是什么都见到了,比起被杀,自寻短见未尝更差。没过几天,女人离开了寺庙,师徒二人醒来发现她不见了,铺盖叠得好好的,上面整齐盖着小和尚的僧衣。俩人心里都空空的,早斋师父盛了三碗饭,饭桌上师父说:"她走了吗?"

小和尚说:"估计是走了。"

师父"哦"了一声,两个人闷头吃饭。

某一夜小和尚正睡,却听窗户上有人说话,他睁眼一看,是一只乌鸦。乌鸦说:"你想见谁?"

小和尚在床上应答:"我想见谁?"

乌鸦说:"你的内心是否空寂?"

小和尚在床上应答:"我的内心一片虚空。"

那乌鸦"嘎"一声就飞走了,房门亮起,月光洒进,一个穿着白衣的女子推门走了进来,轻轻挨着小和尚坐了下来。

"你是谁?"

小和尚看不清她的脸,没有月光的照射,只是乌黑一片。

她说:"我是你想见的人。"

小和尚不说话,又问:"你从哪里来的?"

"我从水中来。"

小和尚想起第一次见到那个女人的情形,河上笼着雾,雾中现出一只船。他说:"你回来做什么?"

"回来带你破戒。"

小和尚高兴得想哭,他伸手去抱她,揽住的却是空空的衣服,小和尚急起来,说:"我怎么抱不住你?"

"我不在这里。"

"那你在哪里?"

"你下山来找我,自然就会见到。"

女人说完,趁着月光走了出去。

小和尚在床上呆愣坐着,没过片刻,眼皮就沉起来。次日他起床,师父已经备好了两碗稀饭,他吃到一半,说:"师父,我要还俗,我要下山。"

"你还俗下山做什么?"

"我要去找她。"

师父叹一口气,吃完稀饭,小和尚提着包袱,告别了师父,下山去找她。

小和尚不再是小和尚,他长了发茬,蓄了胡子,依旧没能找到那个在寺庙待过的女人。在寻找的路上,他甚至快忘掉了那个女人的面貌,但这不重要,俗世多新鲜,后来他明白自己找的只是女人。当然他找到了另一个女人,只是那个女人也怪,她常说自己是条鱼,他自然不信,她瞒着父母,把他牵进自家的一条船中,说自己在河里就会变成一条鱼。俩人走进船中,天色已经暗下去,她从家里抱了床宽大的铺盖,两个人睡在船中,任水流着。

他把手贴在她的小腹上,说:"我要破戒。"

她没忍住,笑起来说:"你是和尚吗?你要破戒。"

他没出声,但是手很快滑了下去。

"你不是说你是鱼吗?"

那时候天已发亮,她裸着身子站起来,跳进了河中。他趴在船沿看,半天不见人影,突然一条大鱼在水中露出脊背,他吓了一跳,只见大鱼浮出脑袋,又变回了她属于人的脑袋,咧嘴冲他笑着。

眼 戒

"怎么样，这下你信了吗？"

他把手伸进河里，摸着她的身体，滑滑的，有一片片软软的鱼鳞。他说："你真是一条鱼。"

"那你怕吗？"

"我不怕，要是我也是条鱼就好了。"他说。

她攀上船，又变成人的身形，窝在他怀里，说："你敢和我到水里面去玩吗？"

他说："到水里我不就淹死了吗？"

"只要在水里你不离开我，你就不会淹死。"

"我不会离开你的。"

那时船已经靠岸，两个人下了船，毫不顾忌，脱得精光，正要下水，只听一个小和尚说："船要流走了，你们不把它绑起来吗？"

这小和尚的声音如此熟悉，俩人回了头，她说："你看，那个和尚长得跟你倒挺像。"

他看着小和尚，走过去，从船中拿出缆绳，走到岸边，将小和尚摁倒在地，用缆绳缚住他的手脚，然后走到她身边，说："走吧，咱们下河去。"

她问："你把小和尚绑起来做什么？"

他说："咱们下了河，他要是以为咱俩殉情，把你救上去怎么办？"

她咯吱一声笑起来，说："是了，和尚最烦人。咱们走吧。"

得道高僧讲完这个故事，破庙外已经是阴沉沉的一片，按他的说法，非但和尚有破眼戒这么一说，就连我们这些俗人也能破眼戒。有人添了几根柴，火烧得更旺，烘得人肌肤发烫，众人就离火远了一圈。

人鱼未必是真，但破了眼戒，什么都能见到，见妖、见神、见鬼、见怪。外人不能见，只是眼戒未破，见到了就是真。内中一个挑菜的小贩，支着一根扁担，说："那我这个乡下佬，怎么才能破眼戒？女人，"他嘿嘿一笑，"我倒是摸过不少，怎么也没破眼戒？"

高僧掰开一块冷馒头，架在火上烤，说："你没见过你最想要见到的，自然破不了眼戒。"

那菜贩子咬着唇，想着自己最想见到的，他仰了头，说："我最想见到的，地里的白菜，割完一茬隔夜又长一茬。"

几个听的人就哄笑起来，说，那你这辈子都别想破眼戒了。

另一个躺着的人从地上撑起身子，拍拍身上的柴灰，说："我这不白天去城里的赌场吗，输得干干净净，连搭船回去的船钱都输得不剩,要说我最想见的,"他的眼睛放出光,"满满一赌桌,都是我的钱,杀得他们片甲不留。"

说完,他又觉得无趣,或许想着明天白天还要走上几十里路才能到家,就又躺了下去。

一个满脸横肉的家伙说起来:"大和尚,你刚才讲的故事,还有改变过去的本事,你看,最后他把自己用缆绳绑起来了,可不就是改变了自己的过去吗?"

高僧说:"破了眼戒,兴许能改变过去吧,不好说,说不定。"

众人一听,就觉得这眼戒还能当后悔药吃,愈发觉得神奇,但又疑心是和尚瞎编乱造,哪有什么破眼戒。那个满脸横肉的家伙说:"大和尚,你最想见到的又是什么?"

高僧说:"我的眼戒已破,再没最想见到的了,我要见到的,都已经见过了,不该见到的,我也见到过了。"

那满脸横肉的家伙从包袱里抽出两把屠刀,说:"我一个杀猪匠,见惯了猪骨头,每回杀猪,我就想见见人骨头和猪骨头长得有啥不同。"

大伙一听,额上渗出冷汗,就都抚慰说:"哪有什么破眼戒,"有人站起来,指着高僧骂:"鸟和尚,你瞎编故事就算了,可别骗我们没见识,真把我们当小孩子哄!"

忽听高僧哈哈一笑,众人惊醒,屋外已经天光发白,大家虚惊一场，原来只是做了一个奇怪的梦，高僧不知何时已经走了，余下的人也不说话，一个个走出破庙。屠夫在地上发呆，那赌鬼走过去，大声说话："喂！憨屠夫，你不走了吗？老子刚才做了一个梦，梦见你要使刀杀人，在梦里头可把老子吓坏了。"说完放肆笑起来，大踏步走出破庙。

　　杀猪匠听到赌鬼说的梦，自己也大受惊吓，昨晚他也做过这么一场梦。他原本还不太信大和尚破眼戒的说法，他有时候的确想杀人，但又总下不了手，现在大和尚的本领已经验证，人破了眼戒，真是无所不能，这更加坚定了他杀人剔骨的想法。他提起包袱，挎在肩上，想着路上要是碰到人，方便的话，就把那路人杀了试试。

# 水乳记

## 吃 食

六婶把一小撮苞谷粒用粽布裹得紧紧的,吊在壁上的铁钩钩上。大伙燃了柴,烤着结实的柴火,搓着手,看着那小包的苞谷粒。往常讲古的老人张了张嘴巴,手指扬扬,说:"茶!"

没人搭理他,他吞了口唾沫,合上嘴巴,也盯着那小袋苞谷粒看。六婶怒冲冲地添了一根柴,说:"哪个也别想打它的主意。"

一只瘦得皮包骨的老鼠从壁板上慢慢爬着,抓着铁丝,想去吃那袋苞谷粒。铁钩荡了几下,老鼠掉在了地上,大伙又盯着老鼠看。顺子他爹逮蛇一样,两根手指捻住了老鼠的尾巴,提起来,说:"烤着吃还是煮了汤吃?"

大伙眼里闪出光来，就有人说："煮着吃。"

"熬汤煮了吃。"

火炕上架了一口锅，蓄上水，撒了些盐，剥净鼠皮，内脏涮洗一下，连着鼠骨肉一起丢进沸水锅里。六婶拿了一叠陶碗，挨个发了。汤水鼎沸，锅中冲起热气，有人揭了锅盖，热气一溜儿消得干净，大伙伸长脖子往里看，水中浮着一小块白肉，筷子一搅，鼠肉散得细碎，那人便用瓢先自个儿舀了一浅碗，抿了一小口，说："好家伙，果真是吃粮食生肉的家伙。"

大伙纷纷扬起碗，六婶换了大瓢，一碗一碗倾着，并不倒满。讲古的老人捏着茶杯，满满盛了，咂了一小口，盖上杯盖，精神旺了许多，喉咙也清润起来，说："吃出什么味儿没有？"

大家伙摇摇头，又点点头，老人说："有稻谷的香味儿。"

几个大人似乎没咂摸出谷子味儿，又小吃了一口，叹道："糯米味。""嗯，还有小米味。""我吃出苞谷味来了。"

门"咯吱"一声响，泥瓦匠捐了行头推门进屋，嘴里叫骂着："晦气！晦气！"见屋子里许多人手里都捏着碗，便踮了脚去看碗里的东西，又去看锅里的东西，见是一些颜色都不大变的汤水，便冷冷卸下行头，挤在大伙中间，

眼　戒

盘腿坐了，要了一只碗，自己伸手舀了一瓢。

"吃着了吗？"几个大人问。

泥瓦匠说："晦气！晦气！"

泥瓦匠舌头伸在热汤里，滚了几下，小啜一口，漱口一样吐在了地上。他说："白被日头晒了一回。"

五伯问："没留你吃？"

泥瓦匠冷笑一声，平端着碗，说："嘿，吃不得，吃不得，你们晓得是哪么一回事吗？"

大伙都摇摇头，泥瓦匠说："亏他还有几亩田地，这样的事也干得出。你们不晓得，我在他家屋皮上捡着漏，揭开他屋炕上瓦皮一看，日头落在炕上，骇死人！炕上满满挂着七八个熏成腊肉的娃仔。我哪还敢吃，差点从瓦皮屋上滑下来，拿了行头就走。"

几个女人低下头去，男人们嘴里直叹气，既惊叹这种残忍，又仿佛明悟了竟然还有这样一种吃法。

六婶嘴里叫骂着："他还不是掘了别人家饿死小孩的土，吃，有本事把自家小孩熏干了吃。"

大伙不再说话，又去舀汤，闷闷吃着。柴火炸出火星，弹在英树的胸口，她并没发觉，猛子伸了手就去掸，她胸口的衣服里仿佛聚着一团气，一掸就变得干瘪瘪的。英树看着自己干瘪的胸口，失了神，用手挡着，又拉了拉，眼睛红起来。

六婶问英树："那孩子吃啥？"

英树吸一阵鼻子，哭起来说："孩子是死活养不长久的，他爹也这么说，喂了也是死，倒不如他爹吮几口汁水喝。"

大伙怔在那儿，谁也不说话，讲古的老人放下茶杯，抹一把嘴巴，说："先前讲些个薛仁贵征西，人家薛仁贵一餐就要吃掉几木桶饭，那会儿大家都是吃饱喝足了听我讲这些。这两年里收成坏得很，我现今可是没力气再讲那些个故事了，你们有力气听，我也没力气讲了。英树，吃奶算不得什么，你男人不吃难道还让别个男人吃？这女人的奶跟男人的精，古书上都明明白白写着，是顶补的东西。"

锅里的汤也吃得见了底，猛子说："再续几瓢水？"

大家伙不出声，有人说："续是可以续，可光续水还是不行。"

大家就又盯着六婶那袋苞谷粒看，六婶说："沤烂在地里也不让你们吃。"

六婶取下那小包苞谷粒，揣在怀里，拖了一张板凳坐下，说起她小时候听来的一个故事。

她的五叔伯是个好吃懒做的人，四体不勤五谷不分，他娘有次害了重病,下不了地,对他说:"儿啊,我下不了地,地里只长野草不生粮食,可怜咱母子迟早会饿死的。"

他五叔伯就说:"娘,你在床上躺着,我上地里去。"

地里杂草丛生,人家是先烧杂草再掘土喂种子,他呢,把苞谷粒往地里一丢,就准备转身回去,又见地里满长着杂草不成事,放了火连种子一起烧了。还是有一粒种子避过了大火,经过雨水的浇淋,长成一株苞谷树,开花结了苞谷。他几月不上山,估计苞谷快成熟时,背了袋子上山准备采摘。月亮照在地上,照在山上,黑白分明。一只大鸟落在那唯一的一株苞谷树上啄食苞谷,他见了格外生气,骂起来:"你个死鸟,我娘在床上饿得快死了,就指着这苞谷活命,活命的粮食你也偷吃!"

骂完就"咿咿呀呀"哭起来,大鸟听得这话,以为是个孝子,受了感动,就衔了一块金子丢给了他。

六婶讲完他五叔伯的故事,大家枯瘦的脸上抽动几下,也不说话。天色越来越黑,屋外响起布谷鸟的声声叫唤,到了落种的季节。热汤早已吃得干净,又无别的东西可吃,有人站起来,拍拍身上的柴灰,起身回家睡觉。我也该回去了,我燃了一根松油柴,油柴腾起黑烟,火光照着小路,一条黑绳似的东西盘在路前,我凑近一照,分外惊喜，躺着的是一条斤多有余的乌梢蛇。我捏住它的脖颈，一把提起来，蛇仿佛也饿得十分疲劲，身子冰冷，全不动弹。

侯宝家的女人正好从后面跟上来，跨到我面前，伸了脑袋看我手里的蛇。蛇突然吐出信子，她马上缩回脑袋，变换了受惊的面容，咽一口气，喉咙一鼓，满面笑着，说："明子，见者有份。"

我不好说什么，就说："我抓的，肉我总要分得多一些。"

她说那是那是，又问："你饿不饿？"

我说："汤水不充饥，肯定饿。"

她说："这蛇拿回去分，你屋里的人肯定也要吃几口，侯宝也要分吃几口，到我们嘴里的肉，只有这么一点点。"

她竖起中指掐着，朝我比画，眼里忽而放出光来，说："我们到溪边偷偷烤了吃？"

用尖石片破了蛇肚皮，掏干净内脏，在水里荡了几下，折了几节细生树枝，穿了剥洗过后的蛇，放在火子上烤。香味渐渐散出，蛇油滴在火上，燃起来，又马上熄下去。我们捻着肉，连着手指一起放进嘴里，很快吃得只剩一根蛇骨。身子变得温润起来，躺在硌人的石子上，身旁的火堆发着孱弱的红光。

眼 戒

月亮从云里破了出来,她说:"明子,你想不想吃?"

"吃什么?"

"奶。"

## 剃　度

辰河出白鱼。辰河的白鱼比其他地方要白、要小。在辰河镇,吃得起白鱼的只有几户人家。这一两年,清乡的部队开始在这里驻扎,白鱼卖得更俏。

小尹第一次随母亲出船去捕白鱼,船过河掌洲时,他见到小小的洲上一座白塔,塔顶长着一棵小树,塔身泛着瓷器的白光,他数了数,一共七级。老和尚盘腿坐在洲边,手里伸出一根竹竿,延伸到河面上。

小尹问母亲:"娘,老和尚是在钓鱼吗?"

母亲用手遮着前额,望向河掌洲,说:"看样子是在钓鱼吧。"

"他钓鱼也跟我们一样卖给朱家吗?"

"钓了自己吃。"

"和尚也吃鱼?"

"吃。"

小尹见到河岸上长着大片的巴茅,听母亲说,白鱼就躲在巴茅下面，要逮它们可不容易。巴茅抽穗时，小尹是吃过巴茅的穗的，嫩，而且有点甜。捕白鱼的都是妇女，男的大部分被抽去当兵。太阳与河面齐平时，小尹随母亲坐船往镇上去，再见到河掌洲上的白塔时，白塔变得黄澄澄的。

如果不是打仗，父亲就不会被抓去当兵，小尹想，那我除了会编帽子，还会织草鞋。小尹用稻草编了一顶帽子，坐在河岸一块大石头上。几个士兵荷着一柄长枪，光着膀子，他们褪去裤子，走进水里，单手举枪，另一只手在背上搓着，又围成一个四方形，后面的人给前面的人搓洗后背。一个士兵见到岸上的小尹，拿枪瞄着他，叫唤起来："嗨，小伙子看这里。"

小尹看着他，士兵嘴里鼓足一口气，"砰"的一声爆放出来，小尹身子痉挛了一下，河面似乎黑漆漆的，随即他听到几个兵士的哈哈大笑。

"哎，你多大了？"

河面渐渐变得明朗，小尹呆呆地说："十五岁了。"

他们说："快了，快了，明年就可以跟我们一起拿枪去杀人了。"

小尹是见过杀人的。朱家的长工跟朱老爷的六太太发生过关系，朱老爷知道后，十分气愤，叫人砍去了长工的

眼戒

手脚，身子悬在马尾坡的一株杏树上。小尹有时候随母亲去给朱家送鱼，到马尾坡时远远就会见到那株杏树上挂着一个黑黑的影。快到树下时，小尹老想往上偷偷瞄上一眼，母亲便会用手摁下他的脑袋，说："有什么好看的，走快些。"

朱老爷爱吃白鱼，吃得起白鱼的人都是本地的富裕人家。小尹长这么大，只吃过一次白鱼，味道确实比平常的鱼要鲜嫩一点，就是鱼骨都比别的鱼软。蓄养在盆中的一条白鱼连续吐着气泡，最后翻了一个身子，浮在了水面上。他母亲叹了一口气，说："真是造孽。"

晚饭时小尹揭开锅盖，热气散得快尽时，才见到饭上躺着一条鱼，白白的。他母亲说："吃吧。"又说："鱼骨头不要剔出来，吃了，吃慢些，小心卡着喉咙。"

小尹拿筷子挑起一小片鱼肉，肉上粘着几根细小的鱼骨，放进嘴里嚼着，越嚼越少，化在了嘴巴里。

到了七月的一天，小尹做好了晚饭，切了一片南瓜，烧作了菜，摆在油腻的桌上，用竹罩盖了，等母亲捕鱼回来。他燃了油灯，放在桌子上，看着火苗一闪一闪，一只蚊子飞在上面，马上掉进了灯里，浮在油上。他拗了一根小柴火，削尖了棍头，挑起那只死蚊子在灯火上烤。

母亲回来时灯中的油已经浅了一半。她被一个妇女背着,身后拥着几个妇女。她们把她放在床上,安慰着她。小尹见到她娘的眼睛已经哭得水肿,红红的,像那条白鱼死时的眼睛一样,许久都不转动一下。

"小尹,你娘叫那狗日的背枪的污了身子!"

小尹的耳朵里嗡嗡响着,他嘴巴微微张开,又阖上,坐在床边,上下抚着母亲的背。

母亲眼睛里渐渐有了血气,眼角溢着泪,缓缓抬起手来抹了一把,嘴唇翕动着,想说什么又哑在了喉咙里。

第二天送鱼的妇女们去军营,见了长官,说:"今天的鱼长官我们不收您一分钱,但求您把您手下的一个人毙了。"

长官说:"怎么回事?"

当然是为了严肃军纪,几斤白鱼又算得了什么呢,长官听了,当下许诺下来,说:"白鱼是多少斤我算你们多少钱,一分也不会少你们。人,你们放心,清乡正好抓了一批人,明天把他拉去跟他们一起毙了!"

辰河上沿河跪着长长的一排人,每个人后面都笔挺地立着一个荷枪的士兵,看台上的军官扬起手中的手枪,朝天打了。小尹挤在乡民当中,似乎要找一个穿军装跪着的人,但跪着的人都光着膀子,只穿一条黑色裤子。枪声一排排响了过去,枪决的人被撒上石灰,抬进了河中预先备

眼 戒

好的船上，朝下游开去。

小尹快十六岁了，母亲的肚子鼓鼓的。女人们劝她，打了吧，小尹的母亲并不说话，只是让肚子一天天大起来。征兵的消息从太常乡传了出来，过不久就会到辰河镇来。小尹说："娘，我不想去当兵，我不想捏枪杀人。"

母亲想了一阵，说："你愿不愿意当和尚，做了和尚就不会被抓去当兵。"

小尹想到了那座七级白塔，在白日里泛着瓷器光泽的白塔，他点了点头。

小尹很久没和母亲一起坐船了。船上了辰河，凉风吹进船舱，刮在母亲的身上，她紧了紧衣服。到了河掌洲，停了船，小尹扶着母亲，双脚第一次踏上了这片河中的小小陆地。

鹤鸣寺空空的，大殿不大，比小尹家的屋子也大不了多少。几尊菩萨雕像立在屋脚，面目狰狞，不像小尹想象中的慈悲样子。老和尚提着木桶从屋外踱进来，面色清冷，小尹的母亲说："师父，这里招不招弟子？"

老和尚看着她，看着她丰腴的身子，又看了一眼小尹，说："多大年岁了？是从镇上坐船过来的吧？"

母亲点点头，说："他还小，过了腊月正好满十四。"

老和尚不说话，提着木桶进了里面的屋子，盘腿坐在蒲团上，木桶放在旁边。母亲不知该怎么好，跟小尹说："老和尚已经看了你的样子，你在这等着，我进去跟他说说。"

屋子里除了老和尚的蒲团再无别的东西可坐，她跪下去时看到木桶里有一尾白鱼在游动吐气。

"无论如何，"她屈下腰来，右手环在陡峭的腹底，左手捏着右手指，说，"请你收下我的儿子吧，哪怕打打杂也好。"

老和尚缓缓睁开眼来，说："去把门掩上。"

小尹见到母亲关门，向前走了几步，母亲摇摇头，他就停下来。大殿寂静得有些可怕，小尹尖着脚走到屋子外，寻了一个小小的缝隙觑着眼看。

老和尚拿了一个白瓷碗，放在案上，小尹的母亲搂起衣服，挤着乳房，白色乳汁犹如断线一样，一丝一丝地喷在碗里。老和尚从旁边的木桶里抓起白鱼，捏在手里，鱼大口呼吸吐气，鳃两边不断流出汁液，到白鱼的嘴里溢出小小的气泡时，老和尚把它放进了盛着乳汁的白碗里。白鱼仿佛获得重生一样，大口吸着乳汁。

案上摆着一个小小的炉子，烧着炭，炉子上放着一口装有水的小锅，水汽从锅中逶迤而起，老和尚在锅中横了两根筷子，白瓷碗架在筷子上，盖了锅盖。

眼　戒

母亲出来时小尹坐在大殿门口的石阶上,木木看着洲上一只鹭鸶在水草里觅食。母亲说:"师父已经答应下来,日后你就在这里好生做事,要听他的话,我有空就会搭船过来看你。"

小尹不说话。隔了一阵子,问她母亲:"娘,这里叫鹤鸣寺,可是为什么看不到鹤?"

母亲说:"大约先前这里是有鹤的吧。"

剃度的时候小尹蹲在河边,师父捏着剃刀将刃口在衣服上刮了两下,又在水里荡了下,按着小尹的脑袋,由上而下一刀刀剃着。

小尹看着水中自己的脑袋,头发慢慢变少,直到最后变成一个光头。

## 超 度

死一个行脚僧又算得了什么,就在白日里,我打后山过来,一路上不知见过多少死人蜷在道上,若是我不瞧准了走路,这双破布鞋定然要把他们踩上一两脚。那个乌着面的老女人拄着拐,转了头看向我,嘿,我想,这老女人,我可有什么好看的,要我从挂包里捏一个白面馒头舍给你吗?倘若你再年轻个几十岁,莫说一个白面馒头,我就是夜里头去人家大院翻墙攀楼，也定要把摸上的几贯钱拿去吃你的酒。

乌鸦停在树上，落在道上，就是破庙的瓦皮上都有它们的黑影。那时节天已发黑，吹了一点儿冷风，月亮也怕冷似的缩在云里不肯露出嘴脸。我衣裳单薄，又行了一天的脚，又疲又冷。破庙有微微火光从四面八方散出来，我双手拢进袖子，想来这荒山野外，庙也是个没主的庙，去借个火烤，再好生躺上一晚上。一个行脚僧正盘坐在火堆旁，他添了一根木材，抬头见着了我。我双手从袖子里拱出来，搓着手，脸上堆着笑，随手又扯了一根断窗条，在火堆旁坐下，把木条加进火里，不大会儿火更旺了。那行脚僧只是冷冷看了我一眼，便从身边的包袱里取出一本用黑布裹得极好的经书，翻了开来，放在膝盖上，也不去看书上的经文，闭了眼，嘴巴默念起来，我侧了耳去听，愣是一句都没听明白，和尚念经就是这副样子，学起来可也容易。

"嗨！"

我手在他眼前晃着，"嗨"了一声，他睁开眼来，我从挂包里拿出一块苞谷饼子，掰了一半捏在手里，隔火递着，他也不接，只是说："留着自己吃，我自己带的有。"

上窜的火苗烧到了我的手，我立马缩了手，拿舌头在

眼　戒

被火烫伤的地方舔了几口。我有些来气，真是好生不解情，若不是借了你的火烤，你就是饿死在林子里，死死乞求着我，我也只是蹲下来看着你的眼睛，绝不用指甲抠一粒苞谷饼与你。

我啃了一口苞谷饼，又硬又冷，硌进牙齿缝里半天都抠不出来。我折了一根细棍，架了饼在火上烤，烤得发焦发黄便退出火拿起来吃。行脚僧从包袱里拿出一个白面馒头，那馒头又白又软，在火光照耀下发着黄白的光，手指只是轻轻拿捏着，也轧出几根手指印来，松了手指，马上又恢复原样。我当然以为他要分吃我一口，哪里想到他只是在火上热一下，咬了一口又翻了一页经书。

我说："小师父是要过哪里去？"

"一路走走。"

我搓起手来，笑着说："僧人满天下走，也没见饿死几个，你们那个名号也好，叫什么化缘，我们讨饭，这世道烂成这个样子，谁还在乎你讨饭的。"

他收起经书，说："不全是靠化缘的，遇见丧事，凑巧走过，也会有人叫住你，要你默念经文，超度亡魂，末了斋饭自然会留你吃，盘缠也少不得多少给一些的。"

我低下头，看着火，那火里面，我白日见过的死人的面目流水一样闪现出来，一个个都蓬头垢面的，唯有最后一张,没错,面目清秀,就是我眼前坐着的这个行脚僧!我看得有些痴。若是阎罗责罚我来,下了地狱,那也是死后的事了,何况这饿死的许多人,也是老天造的孽,可也没听说天公下过地狱的。

我抬起头来,说:"和尚,你的经文我闭着眼睛也是能念的,你的这身僧衣要是再借与我穿就更好不过了。"

行脚僧听得我说了这话,经文也不念了,看着我。

我从挂包里摸出一截绳索,跳过火堆,套住他的脖子。他的手在脖子上抠着,我勒得更紧,他拼命动弹着,发出几声怪叫就软了下来。

我除了他的僧衣,挎了他的包袱,那本经书落在火堆旁,我捡起来,翻了几页,蝌蚪一样的文字密密麻麻满页爬着,正好,我也识不得几个字,人家问起来,胡乱说一通便是了。我正要走出去,又想起这行脚僧的话来,超度亡魂,我所犯的罪孽说不定就少了许多。我盘腿坐在死尸的身边,拿出经书,嘴里念着我自己也不知如何诌来的胡话。

我又连夜赶了一宿路。溪水里干干净净,游鱼虾子都见不到一个,我蹲下来,看着水里自己的样子,头发也干枯松乱,若不是穿了僧衣,跟路边的乞食人全无两样。我拿出小刀，那刀兴许是因我贯日削削砍砍，被磨钝了刃，割起头发来格外吃力。刮好后，摸一把头皮，还是有不少刺手的发茬。

说来也怪，那一天我竟然连着超度了两个亡魂，第一个自不必说，是那个行脚僧了，第二个说起来也该是我运气好，到了朱家口，远远就听到锣鼓唢呐的声音，那么就像行脚僧说的，遇见丧事，凑巧走过，胡乱念一通经，肉吃不上，斋饭也要吃他个几大碗。那户人家也是个大户人家，房子好大一座，黑纸白字满门贴着，披麻戴孝的人在门前穿来穿去。我走过去，在大院的白灯笼下站着，有人走过来，招呼我进去。

那个头上缠了一道白布的管家人物问我："师父可曾做过法事？"

我说："法事是做过的，只是一人，没那么多名堂，倒是能诵经超度。"

管家在一个老女人耳边嘀咕了几句，点下头，走过来说："顾不得那么多了，按你说的办，这样的事要请院里的和尚来也不方便。"

我想，做场法事请一班和尚来有什么不方便的？那管家人物引着我进了内堂，又折进一间屋子，关了门。屋里站着几个人，垂着手，里面见不到丝毫阳光，只有几根蜡烛闪着火光。里面极其安静,不,还有一个女人在那儿哭,我听得清清楚楚。

老女人对我说:"做这场法事,可不要露了口实,咱们有言在先,做完了我少不得给你一些银子,就当是香油钱也好,盘缠也好,随你自己处置,做完了你就走,不论你到哪里去,反正不要再来朱家口,我看你也不是这附近的和尚。"

我说:"我云游四方,去过的地方是不会再来的,这个你放心,其他的事我不管,我是个僧人,只晓得超度亡魂,生前的事与我不相干。"

老女人"嗯"了一声,又说:"县府大匾下坐首位的现在就在外面吃着酒,也不惧你说。"

我说:"是是是。"

整个房间又归于安静,那个女子的哭泣声又在我耳边响起来,循声看过去,只消看得她的轮廓,便教我发痴。老女人走过去,说:"哭哭啼啼做个什么,老爷是疼你,舍不得你,才要你下去陪着他。"

房间当中停着一口没盖棺的棺材,老女人对站着的几个人使了一个眼色,女子放声哭出来,随即被人用布堵了嘴巴,用绳子缚了手脚,抬进棺材。

我呆呆摸出经书,慢慢展开黑布,翻到经书的第一页，绕着棺材，嘴里念起谁也听不懂的经文。棺材还没落盖，她仰面躺在棺材里，这会儿竟然在里面笑，那笑仿佛恨极了我，蜡烛的光火映在她的眼睛，闪闪的，像两团鬼火。

# 五食记

## 冬　瓜

　　宣统皇帝即位之后，不论辰州的乡下还是城里，四处兵灾匪乱，只有离城不远的凤凰山上的鹤鸣寺还存有一丝平静。信泉在鹤鸣寺已经二十三年，他虔信佛法，虽然几个师兄弟嘴里已经叫起"皇帝小儿"，平日在后院的柴房里也满嘴油腻，但他还是一碗素菜，一人盘腿坐在院前的大石上看河下水流。众师兄弟的放肆，就连住持师父也不再管束，他也不免叹气，说天道已经崩圮，洋鬼子都在城里传起教来，我们做和尚的，不定哪天要脱了僧衣去地里锄禾。

　　信泉并不悲观，他坚信佛法，每日都把大殿里的灯盏擦拭得发亮，每晚也要诵一遍经才肯熄灯上床。次日又早早起来,念一遍晨经,再去山下河边挑水担上山来,一上一下,直到把几个大水缸灌满才卸下扁担,放了水桶,却也并不闲下,又捏了斧子在后院斫起柴来。

晚饭时节,一个刚从城里添购物件回来的师弟讲,城里现在连杀人也弄出许多稀奇的法子,他两眼放光,比着手,环一个大圆,说:"这么大一门炮,地上杵一根大杆子,人就悬在上面,那张九中就点了引信,蛇收信子一样,就听'轰'的一声巨响,炸雷一样,再去看那杆上,什么也见不着了。"

信泉心里突然紧了一下,晌午时候,他在石头上冥坐之际确实听到城中传来了那么一声巨响。师父闷闷扒着饭,几位师兄弟又各自讲起来。

是夜,信泉起来解手,一泡尿还没断,远目一看城里,西北位置已经燃起红光,不知又是哪户人遭了祸,他搂了裤子,嘴里念起平日做法事的超度经来。

不杀一生,不食一荤,信泉想人世间的种种苦难必定是有它的因果所在,只要自己虔信佛法,不动妄念,即便肉身吃了枪子儿,他想自己又不是兵,又不是匪,怎么会无故就吃了那枪子儿呢?

鹤鸣寺里的和尚吃得最多的便是冬瓜,信泉最拿手的也是做冬瓜,寺里并没种上几株,便委了山下的一户农

眼 戒

户，隔几日就挑拣两个长肥的送进寺来。

有一天清晨，农户摘了两个冬瓜搁在担子里，准备挑到山上的鹤鸣寺去，行路到一半，有些累了，便卸了担子坐在路上抹汗歇息，一个衣着光鲜而头发蓬乱的女人由小道走了上来，怀中抱着一个婴儿，她喘着细气，不时回头往底下瞧着。女人问他："大哥是要到山上的寺里去？"

他笑起来，说："是啊，给寺里的师傅们送两个冬瓜，他们经常照顾我生意，人都是极好的。"

女人瞧着那两个肥长的冬瓜，这时候农户腹中作痛，大约是早上吃坏了东西，便捂着肚子，说劳烦照看一下，就往山上叶子深的地方攀去。

女人又回头望了一眼，就摸出小刀，横切了一个冬瓜的一半，又在里面掏了一下，便把孩子放了进去，用刀削了几根细树棍，尖了头，在冬瓜上通了几个小孔，便把尖棍插在切口处，把切下的冬瓜摁上去，合上，又拍了拍。她跪下来，双手合十，念着："佛祖慈悲，咱家每年都要上鹤鸣寺拜佛烧香，香油钱也从不吝啬，可怜这回家里遭了匪徒，他们连我娘儿俩也要杀个干净。但求寺里的师傅们能收下这可怜的孩子，喂他一口饭吃，我如今是没法跑了。"

说完，贴着吻了一下冬瓜就站起来走了。

农户解完手下来,不见了女人,正嗔怪,见冬瓜担子还在,也就不大在意,挑了,耸一下肩,正了扁担,往山上的寺里一脚一脚踩上去。

信泉领了送冬瓜的农户进厨房,农户放下担子,一人抱了一个放在一张长案上。农户拍了下手,说:"下回几时摘了送上来?"

"再隔个四五日。"

"好嘞。"

到了晚饭前,冬瓜照例留给信泉做,他捏了一柄重刀,挑了就近的一个,他知道要拦腰砍断这肥长的大冬瓜,臂上可得把劲蓄足,不然刀就会卡在里面。他举起了刀,这一刀下去却与往常截然不同,等他收眼看那冬瓜时,手中的刀已经抖落在了地上。

不知道在地上坐了多久,直听到师兄弟的叫唤,他才回了神,慌起来,在大殿里扯了一块供布,跑进厨房,将已死的婴儿裹了,提着往后山跑去,弃在一处草叶茂盛的丛里,回到厨房,把那冬瓜用水濯净,放在案板上削了皮,片起块来,放进热油里炒。

晚饭师兄弟如往常一样吃,信泉只盛了一浅碗饭,什么菜也不夹,只把碗里面的饭往嘴里推。等夜深众人都睡沉了,信泉摸了油灯,到了后山,把供布从草叶丛里提出，又跪在地上掘起土来，把已死的婴儿放在里面，双手把土一抔一抔掩上。

他跪着，在黑漆漆的夜色中终于呜咽起来，他诘问佛祖："我不杀一生，不吃一荤，终日潜心向佛，佛祖，你为什么这般对我？我究竟该不该信你？佛祖，你回答我呀，你告诉我为什么会这样！"

然而四周一片死寂，除了丛中的虫鸣，再无别的声音。他一路荡着回到了卧房，蒙了被子躺在床上。

自此，有一次一位师弟捉了一只母鸡，几位师兄弟正准备用热水烫了，信泉也走过来，大家愣一下，只见信泉捉了母鸡，捏了头，只一刀便将脖子割了，血成注地往碗里流，没多久就沥干了鸡血。师兄弟素知信泉鸡肉都不吃一块，今天倒杀起鸡来了。

"今儿个可真是奇了。"

另一个和尚接话说："奇？我刚从山下回来，城里消息鼎沸，也乱了，都说大清亡国了，连这皇帝小儿都没了，往后也不会再有了，你说奇？什么都不奇了。"

那和尚叹一口气，其余的也跟着叹气，没人问信泉，世上的事一下子都变得不奇了，寡味了。鸡熟了，信泉也聚在里面，大师兄夹了一只鸡腿，放在信泉碗里，说："尝尝，咱们平日里可吃掉了不少，就你没吃过，尝尝，香得很。"

信泉夹住，扯了一片，肉连着皮进了嘴，慢慢咀嚼起来。

没过多久，便有军队占了鹤鸣寺，赶走了和尚，一个执枪的军官说，这么好个地方，倒叫你们一帮秃头霸了这许多年。

众师兄弟都还了俗，种地的种地，卖豆腐的卖豆腐，蒸包子的蒸包子，也有跑船运的，信泉呢？几位师兄弟再没见过他，只是他的名头越发盛了，听城里人说，他半夜潜进张九中家里，割了他的脑袋，挂在城门上。往后又有消息说，他在辰溪做了匪首，连军火厂都自个儿建了。师兄弟虽然不信，但也不觉得奇怪，毕竟什么都不奇了。

## 萝 卜

后院地里长着一片白萝卜，叶子青葱。晚斋时候，显明照师父的话挑了两颗头儿青绿的肥萝卜，拧了叶拿在菜地后竹管接的山泉水下洗。白净的萝卜在案上发着脆实的声音，师父将它们切成手指长条码在碟子里。

到用斋的时候，师父夹起一块萝卜条，在醋碟子里溜了两下，提起来晾了片刻就喂进嘴里嚼起来。师父又夹了一块，闭了眼睛，等味道在肚子里回了一阵，便把筷子停在碗上，说："显明。"显明抬起头，"嗯"了一声，师父提着筷子，瞧着白脆的萝卜条，想起他师兄以前讲过的一个故事。

"师父给你讲个萝卜的故事，这里先前有个后生，在山地见到一颗萝卜，这萝卜定是受过神灵的熏染，长成女人的身形，那后生瞧得发痴，生了淫邪之念，就让自己的阳精洒在了萝卜上，搂了裤子又继续赶路。"

显明鼓了眼，咬着唇，把堵在喉咙的萝卜咽下去，要听师父继续讲。师父又捉起筷子，夹了块萝卜条，说道："没过多久有个女子路过那里，身子正饥渴，恰巧在荒野山地见着了这个萝卜，也不顾什么，拔出来用树叶抹掉泥就大口吃起来，没过两月肚子就大了，十月怀胎，从肚子爬出一个无主的婴儿来。"

"是个男孩还是女孩？"显明问。

"一个男孩。"

天色黑下来，显明收拾掉碗筷，洗净了摆在橱子里，回到卧房点上油灯，心里总是定不下来，就像鞋里有一粒石子硌着脚底板，脱下却又抖不出来。他念了一会儿经，念了几句就不耐烦起来，吹了灯，卧在床上，一闭眼，仿佛见到师父所讲的那个萝卜，长着女人身形的萝卜，无衣无遮，通身白净，在他眼前渐渐壮大、修长。到了半夜，听到一声婴儿啼哭，显明从床上挣起来，张起耳朵听，又像是院墙上伏着的那只猫在叫。

"是那个孩子，唔，真是可怜，生下来连爹是谁都不知道。"他不免想起自己的身世，自己的爹又长着什么模样呢？只是一个模糊的影子。他三岁时便被母亲送进这小小的鹤鸣寺，就连母亲，他也多年未见到了。

显明第二天起得极早，眼睛也是乌的，他捎了几根木头，怕扰到师父睡觉，便到后山劈起来，身子虽然疲累，但仿佛又有使不完的劲儿，越劈越稳。等师父起来时，他抱着劈过的木条从后山下来，师父见到他，就招呼他过去。

师父说："把手掌摊开，"显明摊着手，师父把握在手里的铜钱一文一文漏在他的手掌上，嘴唇动着，数着数，觉着够了，就紧了手，显明便握住，揣进兜里，听师父要他下街买些什么。

"称两斤豆腐，老点儿不妨，再来把粉条。"

要去哪家店买豆腐，哪家铺子买粉条，显明都清楚，买错了店，可瞒不过师父的眼睛跟嘴巴，所幸这两家店都离寺不远，就在鹤鸣山下。显明沿山而下，山道两侧都是山下邻居的菜地，哪块儿地是哪户人家的，显明心里都极清楚，这个季节满山的菜地都种着萝卜，从山上下去，视野里都是一片片青绿的萝卜叶。这大片的绿映在显明的眼里使他极不自在，他加快了步子，低头只看脚下的路。

到了街上已经热闹起来，吃米粉的都围着一张张油腻的桌子坐着，包子铺里一笼笼包子馒头也蒸腾起热的水汽，各种铺子也都开了门经营起生意来。嘈杂的人声像山上的流水由高而低直线击打在溜光的石头上，一声接一声不绝地灌进显明的耳朵里。他买了两个馒头，边走路边吃，到一间豆腐铺子时，走进去，豆腐摊旁坐着一个女孩，是老板的闺女，比显明大不上两岁。显明站在她面前，她也不瞧他，只是怔怔睁着眼出神。显明细声细气地说："给我称两斤豆腐。"

她全然不动地坐着，无物一样，老板娘正好从后面出来，见到站着的客人和呆坐着的女儿，呵斥一声，惊得她一跳，马上站起来。

"别一早上就像个死人从棺材里爬出来一样！"

她切了两块豆腐，秤上一放又取下来，显明递过钱去，她也不数，一接就往旁边的木匣子里丢去，愤怒地瞪了一眼眼前这个买豆腐的小和尚，又环抱着手继续坐下发怔。

显明像是受到侮辱，来自一个女人的侮辱，这使他内心产生了一股奇异的羞耻感。在回寺庙的山路上，也不避眼，目光从一排排的萝卜地里横扫而上，菜地里的绿油油变成白花花，目光不自觉地在一片萝卜地里停留了一会儿，那正是手里豆腐主人家的菜地。

师父做了油煎豆腐。显明吃了几口便觉得这豆腐比平常要少些味道，就停下筷子，片时又闷着扒了几口，又停下来，问师父："师父，你昨天说的吃萝卜怀孕的女人，那女人吃了那萝卜就当真会怀孕？"

师父一顿，说："但凡人有这淫邪之念，莫讲是吃了那萝卜，哪怕男女同用一个澡盆子洗澡都能肚大受孕。"

夜又黑下来，那萝卜又在他的眼中闪现，这时候幻化成的人形时而愤怒，时而忧伤，那愤怒的眼神使他羞耻，那忧伤的神情却又使他怜惜。他想，师父讲的淫邪之念怕就是这个了吧。

地里的萝卜一天天老去，叶子一天天由青变黄，慢慢萎去。显明闲时就在后山的萝卜地里蹲着，支着手静静地看，看叶子的纹路，数虫蛀过后的小洞。有一次他拔了一颗萝卜，躺在草地上，用小刀在萝卜上雕琢，渐渐地一个女孩的人形就握在他手里，他呆呆看着，想起师父讲的那个后生，慢慢明悟了他何以要在萝卜上沾染自己的污秽。

眼　戒

萝卜，成了连接他和女人之间唯一的桥路。

在萝卜即将拔净的前夜，显明在豆腐店主人的菜地里让萝卜也沾染了自己的秽物。第二天他下山买东西时，发现那片菜地的萝卜已经拔净，这使他既惶恐又兴奋。他经常去那家店铺买豆腐，观察着店铺女儿的肚子，一月、两月过去了，肚子并无变化，他的心也慢慢松了。

来年六月，豆腐铺的女儿突然产下一子，未婚先育，街坊流言四起，说是与一个由常德过来做船运生意的年轻人生了感情，污了身子，而那人常年在河上飘荡，踪迹难觅。豆腐铺的女儿哭了几回，闷声投了沅江，找到时身子已经浮肿腐烂。师父不在时，显明跪在大殿的蒲团上，对着佛祖，神色哀戚。

"佛祖，弟子起了淫念，害死了别人，不可饶恕。人人都说她怀的是一个船运人的骨肉，可是他们都错了，真正的那个人是我啊，可是又有谁知道，就连她自己也是不知道的。我没勇气去跟她爹娘交代，就连师父我也无法袒露。弟子罪孽深重，不知怎么才能救赎，请佛祖指引。"

没过两天，豆腐铺的老板就请鹤鸣寺的和尚为自己的女儿做一场法事超度，在简陋的灵堂前面，老板娘抱着一个婴儿，婴儿啼哭不止，显明走上前，怔怔看着那婴儿，那婴儿的哭声渐渐弱去,在襁褓中咬着手指睁大了眼。

## 黄　豆

我牵了马,到山郊,天黑了,四方挺荒凉的。脚在枯死的草上踩,过了一道山坳,见前边有了一点火光,心就松下一点,牵了马往那儿走。

几只灯笼挂在外面的杆上,上面几个字吹得有点模糊,写着什么客栈,也不管,没见到马棚,就把马绳绑在旗杆上,仰着脖子叫一声:"投店!"

半天也没人应,客栈的灯倒是燃着,又叫一声,就听门"吱呀"一声响,敞了一条缝,漏了一片光出来,我就又叫一声:"老板,投宿。"

他把脖子拱出来,提了灯笼走过来,凑着我一照,说:"不像个歹人,进来吧。"

我指一指马,他瞄了一眼,说:"膘倒挺厚,就拴那儿吧。"

我便问:"有草吗?喂一点儿,骑一天了。"

老板说:"到处尽是草,没割,你要呀,也得等明天。"

我有些悻,脑子里转一圈儿,还是跟着老板进了店。

老板闩了门,把灯笼吹了。里面点着油灯,照得亮堂,老板指了二楼最左的房间,说:"晚上你就睡那,被子都铺好了。"说完就拿起柜台的账簿和算盘,手指弹几下珠子,就把毛笔在舌头上蘸一下,问了我名字,写起来。

我把手撑在柜台上,问:"这么大个店就我一人住?"

老板也不出声,我就又说:"身子疲得紧,随便整两个热菜。"他又拨几下算盘,往厨房走去。我想起什么,就冲着他背喊:"再来壶酒。"

他也不回头,出来时盘子里酒倒是有了,两碟菜,一碗米饭,摆在桌上。我捏起筷子,在桌上一敲,齐了筷尖,夹了一片肉,努了眼看,分不清什么肉,问:"这什么肉?"

他不耐烦了,说:"人肉,你还吃吗?"

我吓一跳,说:"糊弄我。"

他也不说什么,又把灯笼点了,提着睡觉去了。我呢,肉倒是不敢吃了,扒光了米饭,饮完了酒就上楼睡觉去了。

第二天我醒来,惦念着我的马,出去一看,只有半截绳子挂那儿,我有些来气,就问:"老板,我的马呢?"

"我哪晓得你的马,兴许是让狼叼了。"

眼下这店离城还有六七十里路，没马可不行，我就困在客栈里，坐那儿吃起酒来。

没过多久就听外面一阵马蹄声，几个官差揪着一个猴子似的人儿扔进来，指着说："马就是搁这儿偷的？"

那人揉着屁股，说："就这儿，外面那杆上割的绳子。"他在地上痛得"哎哟"叫。

一个官差就拿着半截绳进来，几个人一议："是这里了。"就唤了老板，问："这马是你的？"

老板说："我可骑不来马，"又瞄一眼我，说："倒是早上有位客人说马不见了，马不见了，就奔出去找了。这马犯事了？"

几位官差就挨着我坐下来，说："这马可是本县房太守的，前晚有人潜到他府上，谋了他性命，又盗了他的爱马，跑了，我们沿路访着马的踪迹追拿。"

老板低下头来，说："房太守？死了？"

"死了。仵作验尸体时，没刀伤也没掐痕，身体也不见瘀痕。摸到肚子时，硬硬的，鼓鼓的，剖开一看，嚩，不得了，里面都是些黄豆粒儿，原来是给人灌了干黄豆，活活撑死的。"

老板抬起头，长长哦了声，又问："那房太守殷实得很，这回折损了不少吧？"

官差说道:"东西吧一样没少,除了外面的马。"

我一瞧外面那马,就害怕起来,说起来这马可算不得我的。昨天,我在三里围歇息,遇着一个人,身子紧实得很,他牵着这马上来,挎着一个包袱。我在地上吃干粮,他瞅着我,问我上哪儿,他抓出一把黄豆,往嘴巴里丢去,就"咯咯嘣嘣"嚼起来,他又抓出一把,同我聊起来:"豆子吃点儿?"

我一看,生的,就想这可是个怪人,吃生黄豆,我笑起来,说:"客气,客气,吃黄豆我拉肚子,吃不得。"

他怪看我一下,笑起来,把手里的豆子握着,说:"猜猜是单还是双,猜中了这马就让给你,没猜中,我就让你吃豆子。"

我想,竟还有这好事,猜不中的话吃几粒生豆子也无妨。

"双数。"我说。

他伸了手掌,我就盯着他一粒一粒数起来,眼看数到最后几粒,是单数无疑了,就泄了气,忽而他手抖了一下,一颗豆子滚下来,低头怎么也找不着。真是柳暗花明,我说:"有言在先,可只算手上的。"

他站起来,牵了马:"骑走它吧。"

我愣着,他便说:"再不骑可反悔了。"

我就骑上去，勒了缰绳，马走了几步，我回头瞧一眼他，还站在那儿，我就使劲儿拍了马，马就飞似的跑远了。

客栈里几个官差没隔多久就走了，我呢，此地不宜久留，拿了包袱，正要走，老板走出来，把手一拱，说："同道中人，话不多言，"不知怎的就从哪里牵出一匹马来，说："骑了这马，一可赶路，二来，有人问起，便讲是我送的，一路住宿投店，大可省心。"

我也拱了拱手，就骑了马，挥了鞭子，头也不回地跑远了。

## 大　米

揪开田中的稻草，人们妄图在田鼠洞里寻出些谷壳稻茬，而终究丧气，洞里只剩下饿得皮包骨的老鼠，或者只有它们干瘪的尸体缩在里面。但有田鼠的洞并不比有谷壳的差，拎回去，剥了鼠皮，洗净，丢在沸水锅里，也能熬出难得的肉汤来，虽然淡了些，却强过清汤寡水。

这是乡下的情景，比之城里，人们还能掘一点树根，剥几块树皮，在山上也有机会遇到吃树草的小生物，譬如竹鼠，林中飞的野鸡，但现今的山上，就是露水未干的清晨，也听不到一丝鸟鸣虫叫的声，只有一片死寂和探山人自己的心跳，也许爬不了几座山，便连自己的心跳也从耳间消失，倒下，经几阵风雨暴日，成一堆荒野白骨。豺狼自然没有，倒是蝼蚁也许会在探山人未腐的身躯里觅食，然而便连这唯一的活物，也得在人死后才能出现。

城里呢，米铺早已关了门店，昔日热闹的菜市如今只剩泛黄的地面，连蚊子也不聚在这里出现了。什么店都歇业了，店主们把吃的都藏在地板下，夜间睡觉也要竖起耳朵，生怕毛贼溜进来偷食。

只有先前有田有地的大户，囤在仓里的租子怕是十年也吃不完，却也同自己年幼无知的子女讲起节约的故事。

"先前有个太守，日日笙歌鼎食，饭呢，一煮便是几大桶，白花花的吃不完，都随潲水倒进沟里。这沟通到不远的一个寺庙，一个老和尚见了就叹可惜，用篓子收了，又涮洗得干净，放在簸箕里晒。"

"后来这个太守落了难，也遇到了荒年，就逃到寺里避难，老和尚就拿出饭团来救济他。这太守就问他，怎么还有这么多米饭，老和尚便说，后院还有几大桶呢，这些都是你当年倒进潲水不要了的。"

小孩儿虽然听不懂父母所讲的故事，却也将碗中的饭粒舔得干净，把干净的碗口冲着父母，等待一只大手摩挲着自己的小脑袋。

某日傍晚,一位行脚僧路经此城,只见一路上白骨赫赫,到得山间的一座破屋,躬身进去,蛛丝网门,他拂去身上的蛛丝灰尘,找了一处地方坐下来,折了几块木板,捡了些枯枝散叶燃起火来烤。

火光跳跃,行脚僧正要睡去,却听到梁上传来一阵幽幽的哭声,不绝地在耳边回响,他睁开眼,喝了一声,那脏物便在他身边显了形。她用衣袖擦着眼睛,跪在地上,说:"求大师渡我亡魂。"

行脚僧便问道:"受了哪般苦孽?到这里寄居有多少时日了?"

女鬼啼哭着,说:"到这里已经三年了。三年前田里的谷子虽然长不起来,可山上还有些东西。我家山上有一片板栗树,板栗树结果后,我就和我男人日夜轮流守着,从小青球一直守到板栗破壳,生怕别人偷了去。"

"就盼着板栗熟透了,去城里卖个好价钱,称些大米回去。好不容易挨到板栗熟透,那天早上天还没大亮,起了一阵大风,我起床收拾东西,准备上山打板栗。"

"我的两个孩子,小小的两个人,大的也不过四岁,也都睁开了眼睛,在床上踢起被子,嚷闹着要跟我上山打板栗。"

"他们还小,帮不了忙,我自然不会带他们上山。他们在家里怕黑,我就点了一根蜡烛,又怕他们出门乱跑,于是锁了门,将他们关在家里。"

"大风过后,山上的板栗落得到处都是,一个时辰过后,我们已经捡了两大袋子,这时候天已经亮透,我男人发现村子上空腾起浓浓白烟,就叫住我,说村里是不是起火了。"

"我们背着板栗往村子走,快到村口时,只见大伙提着水桶在井口打水,村民见到我们,说我家起大火了。"

女鬼的眼睛里泛起火光,哭声加剧,继续说:"火势太大,加上又是木屋,几桶水哪里能浇灭?直到大火烧退,房子已化成了满地的白灰,我的两个孩子,就烧化在门口!"

许久之后,她才止住哭声,自言自语:"都怪我,都怪我,不该点那根蜡烛的。"

"大伙安慰着我,我家男人目光呆滞,围着外面一棵小树转着,不时摘下一片叶子放在嘴里嚼。"

"都怪我,都怪我,不该留他们在家的,是我害了我的孩子。他们在下面没人照顾,还饿着肚子,唯有我死了去照顾他们。"

她抬头望着房梁,伸手去触摸曾经挂在那里的绳子,说:"隔天我便在这梁上挂了绳子,吊死了自己。"

她抹了一把泪,又继续讲道:"我满以为能见到我的两个小孩,然而我哪里也去不了,连地狱也下不去,只在这里没日没夜游荡。大米,我的大米,我的孩子一定在等着大米,可我两手空空,哪里也去不了。"

"求大师渡我亡魂!"

行脚僧人一路走来,见惯了世人的各色疾苦,心已麻木,但听完女鬼的讲述,仍旧动了恻隐之心,展开自己不大的包袱,分出一半大米,又捡了些柴,添了火,将大米撒在火上,念起经来。那米噼里啪啦爆裂起来,一粒粒像跳蚤一样在火中跳动着。女鬼两眼放出白光,露出狰狞的笑,趴在火边,左右瞧着。行脚僧站起来,叹了长气,从这间破屋子走了出去。

没走出多远,那行脚僧背后响起一个男人的讥笑声,这声音竟不知由何处传来,想来也必定是一个脏物了。

"万想不到她便是死了也这么爱米,哈,料不到你一个得道的和尚也被这贱妇骗了去。"

行脚僧立定下来,那声音又笑着在耳边响起:"她可不是那般死的,是自己羞不过缢死的,却也还是为了米。是的,她自己惧怕饿死,便去偷人家的米。"

那声音冷笑起来:"一个妇人为了米,竟然做了鬼也成天说谎骗人，逢人就把这胡诌的故事一遍遍说出来。记得三年前我还没饿死时，她第一次把米偷回来时，眼神就恍惚起来，我就质问她，是谁发的那般善心施舍的，她吞吞吐吐说不出，我就猜着了七八分，不是偷就是骗。我非常气恼，把米扔在了地上，恶狠狠地看着她，要让她明白自己干的羞愧事，她看着我的眼睛，害怕起来，就伏在地上哭，看着那些散落的米。我自己宁可饿死，也是坚决不吃这米的，可她不知悔改，得了一次好，又干第二次，终于让人给逮着了，绑在村口的大树下，供大家指指点点。我是个读书人，自己妻子做出这等事来，我想是无论如何不能再要了，当天便写了休书将她休了。"

行脚僧被这声音吵得烦闷，大踏步向前走去。

## 白　菜

船夫解缆绳时，又跳上一个年轻人，像一只猴子。舱中人已经坐满，他扫了一眼，冲着大伙儿一笑，没有人搭理他，他便沉下脸，用破旧的袖管在船板上荡了一下，就盘腿坐了下来。天气晦暗，没过多久雨就落了起来，河的前方笼着大片的灰雾，两岸的山也只现出一个模糊的轮廓。

有人从包袱里摸出一个白面馒头，慢慢吃起来，小口小口咬着，舱中的人个个衣裳乌旧，抚着肚子痴痴瞧着那人手里的馒头，吞着唾沫。就在这时，那最末上船的年轻人突然用手捂住了嘴巴，喉咙里发出一声怪叫，大伙儿都回了神，盯着他看。年轻人松了手掌，一股腥汁吐在木板上，大伙儿又都缩了脑袋。船夫停下来，叹一口气，拿棕丝扫把扫了去。

那年轻人渐渐回了气，讨了水漱口，挪了个位置坐下来，舒一口气，说："今儿个可是吐够了，大伙儿都瞧着了吧，干干净净，什么都没得吐了，只剩下苦水胆汁。"

几个躺靠在舱壁上的人慢慢睁开眼，听着眼前的这个人说话。那年轻人饿得疲乏，声音微弱，大伙儿却也还听得清楚，只是都懒洋洋地坐着，听他讲那些个无趣的话。年轻人又继续说起来："我是见吃的就要吐，大伙儿是肚子酸汁在里磨，我是往喉咙外冲。"

他咧了嘴，苦笑一声，便又说道："天见可怜！都怪我好吃，可这年头，田里的谷子都瘪瘪的，谁不是逮着什么就吃。"

他凝神望着河中的灰雾，仿佛这雾水之中显现出他晌午所见的景象，他站起来，挪了几步，要看得更清一些，然而那景象却又在雾中消失，他便又坐下来，双手笼进袖

眼　戒

子，口中喃喃："就在晌午，离这码头不远的破屋子里，"他的肚子忽而又有什么东西往外涌，便用手摁着，"我那会儿肚子紧得厉害，路过那破屋子，听得汤水沸腾的声音，估摸着里面有人在煮东西吃，是肉么，我想，若不愿给个骨头吃，讨碗热汤吃也是极好的。"

大伙儿一听到吃，又都来了劲，纷纷张着耳朵，那大锅炖肉骨的咕噜声仿佛就在船舱下回响。内中就有人问起话来："那里面熬的是骨头么？"

"可有分你一块？"

年轻人神色凝重，冷冷说道："只是白菜叶。"

大伙儿一听，只觉得乏味，又有人眯了眼，抱了手靠在舱壁上，但也有人觉得，清水白菜，热的，那也不错。

"我觍下脸，想无论如何也要讨口吃的，便轻脚走进那屋子。那屋子只一口火烧着的锅，锅边放着一苑白菜，离锅不远蜷着一个老妇，我唤了两声，她也不答应。我便朝锅中看去，汤顶浮着几匹白菜叶。我折了一根树枝作筷子，蹲在锅旁捞了一片白菜吃起来，那味道却也怪怪的。我又伸进筷子，一搅，好似有什么东西缠住了筷子，一提，只觉得筷尖重得很，又一提，捞起一颗湿漉漉的人头。"

大家"啊"了一声，肚子都不好受。

"我的手一抖，那头便坠进了白菜锅中，汤汁溅了我一脸，我赶忙爬起，跑了出去。我不记得跑了多远，等站立歇气时，肚子里一股股东西往喉咙涌。"

所有人都惊叹起来，想必那地上蜷着的老妇，就是锅中头颅的身体。

"这年头，人一饿，吃什么的都有。"

船里面有人叹起气来，既叹息这年成，又叹息这种恶毒的吃法。

"那妇人倒死得可怜。"

"我就是饿死，也吃不下那东西。"

"你吃不下，总有人吃得下，张得了嘴，这人一饿，就像林子里的狼，眼珠子都是绿的。"

雨落得小了，船外也渐渐清晰明朗，离码头还有半截水路。大伙儿都静静坐着，没过多久，隐隐约约传来轻微的哭声，是蜷在船首的一个人，大伙儿朝那看去，只见一颗小脑袋从双腿中抬起来，头发蓬乱，眼睛红肿着，是个小女孩。

她"呜呜"哭起来，收不住，好大一会儿才哽咽着说："是我阿婆！"

舱中的人一惊，都瞪大了眼看她。

"锅子里的头就是我阿婆，"她喉咙堵着了似的，有人

眼　戒

抚着她的背,"慢慢说,慢慢说。"

小姑娘渐渐回了气,说:"是我阿婆。我们从村子里逃出来,走了好远的路,我们讨饭,可是没人给我们。阿婆说她快死了,我就哭。早上见到一块白菜地,阿婆叫我不要去偷,说给人逮着了会被打死的,我不怕死,我只怕阿婆死,她都那么老了,我一摸她的手,都是硬硬的骨头。"

小姑娘眼中噙着泪,继续说道:"我偷了两苑白菜,和阿婆远远躲在一个破屋子里煮。水沸了,阿婆就下白菜,这时候走进个穿黑衣裳的人,捏着一把刀,阿婆就站起来,他看了我和阿婆一眼,什么话也不说,他的手抖了一下,突然就把我阿婆的脑袋砍了下来,掉进了锅里,他也不来杀我,就站在那里看着锅,我赶快跑了出去。"

大伙儿明白了一些,然而对于为何要砍杀一个不相识的老婆子终究有些不解,自然也有人说是为了吃,就有人对那吃了白菜叶的年轻人说:"也该是你命好,那人必定是等锅中的头烂透了才折返回去吃,若你晚些时候去,这颗脑袋也会煮了白菜叶。"

坐在船尾的先前掰着白面馒头吃的人突然一声冷笑,声音大得可怕,大家循声看过去,只见他穿着一身素黑的衣服,小女孩忽而睁大了眼,鼓鼓的,指着他,叫了一声:"是他,就是他杀的我阿婆,我认得!"

舱中顿时乱了起来，靠尾坐着的人跌跌撞撞地争着往前跑，大伙拥在一起，有人把扁担横在身前，大家都盼着船快些到岸，船夫一听，也拼命撑起船来。

黑衣人坐在船尾，瞧着众人狼狈的样子，更加放肆笑起来，笑声越来越怪，似乎非常愤怒，他叫骂着："怕死狗儿们，吃人头，只有你们才吃那下贱东西，亏你们想得出来！"

他抖开包袱，抓出几个馒头，掷在地上，遛狗一样逗着："来呀，吃呀，过来呀，一群怕死狗儿，就只知道偷，只知道抢，只知道垂头讨饭。"

大伙儿眼里都闪着局促的光，耸动着肩膀。黑衣人突然瘫坐在地上，望着用布缠裹着的刀，喃喃自语起来："都是吃，都是为了一口吃。"

他抬起眼，望了一眼众人，又垂下头去。

"我也是个怕死的人，不是吗？为了吃去杀人。我从没杀过人，今天倒是杀了一个老婆子试刀，可连杀掉一个动都动不起的糟老婆子的头都害怕，我又有什么本事能耐去辰州城里抹掉他脖子，凭这把刀吃饭？"

雨突然又落起来，一阵连着一阵，众人都好像凝固了一样，任雨淋着，这时节除了船上的人和物事，别的什么都见不着了。

眼　戒

# 食色两相

## 煮　竹

山道有一口井，一个僧人用钵舀了井水坐在一块溜光的石头上喝。山下是悬崖，临大江，江水拍岸的声音听得僧人发寒。

水还没喝光，上来一个打鱼的，挑了几尾鱼，见到僧人在喝水，唉咙焦干，就问僧人哪里有水。僧人指着一个方向，打鱼的顺眼走过去，只见几块枯石码了一圈，水面陷得有些深，伸长了手臂到井中，井水正好没过半截手指。打鱼的缩回手，吮了一口湿手指，走到僧人身边，笑脸搓手问僧人借钵舀水。僧人推说钵里沾有他的口水，打鱼的说洗洗就是。僧人大口喝了剩下的水，捏着钵随打鱼的一块站到井边。打鱼的用钵舀了水上来，水像牛乳一样白，又低头看井中的水，清冽得能见到井底的石子。

"这水怎么是白的？"打鱼的平端着水问。僧人有些不耐烦，说："你喝还是不喝？"

"喝，你喝得我也就喝得。"

水甘冷熨齿，打鱼的连着喝了满钵，抹了一把嘴，将钵递给僧人。那钵有烧过的痕迹，黑得发亮。打鱼的说："师父是要过哪里去？"

僧人说："搭船回——回家。"

他原本要说回寺，但寺庙已经废于兵火，众僧都散了。打鱼的念着"回家"，茫然看着山下大江，说："早上我在江边打鱼，见到一只大船，船上铺土种了许多瓜果蔬菜，我看里面足足住得有二十户人家。"他叹一口气又道："这兵乱，真是把人给逼到江上去住了。"

僧人遥望大江，也跟着叹气，想起自己白天搭船过来，窝在船中小睡，迷迷糊糊中，左手先是一阵热，触到了不知什么东西，片刻又骤然冷了下去，醒来发现是一个穿得很破的人，光腿搭在自己的手上。他要将那人的腿移开，怎么也移不动，只得费力抽出手来，那人身子滑在船板上，腰还是弓着的样子，一双脚硬硬地折在空中。众人见到他这副模样，用手探了脉搏鼻息，一个人说：

眼　戒

"死了。"

人一死就发热,热一过,人就死。僧人诵起佛经为他超度,船夫听到响闹,走过来,看着说:"里面有认得他的人吗?"

众人互相看,半天没人应,船夫就拖着他,到了船尾,一脚将他踢进了江水中。僧人大叫一声,伸出手,船夫回到船中,冷着脸对他说:"怎么,你还要给他收尸?那我捞上来,你给带回去?"

僧人听船夫这么一说,垂下手,什么话也没说,坐下靠在船舱上发呆。饥荒、战乱,大家见惯了死人,脸上没有表情,各自回到了先前的位置。

打鱼的问僧人住在哪里,僧人说就住在山下。两个人叙说了一阵,打鱼的肚子有些饿,提着几尾鱼在僧人眼前晃,说要借僧人家的灶烧鱼吃。僧人领他到自己竹片织的屋中,生起火来。打鱼的正要取鱼剖开清洗,僧人拦下说:"我这里有吃的,鱼你带回去,留着吃,这么远打那几条鱼也是不容易。"

打鱼的很感激的样子,搓着手说:"那好,那好。"

他环眼在屋中看,空荡荡的,并没见到什么吃的。僧人把钵架在火上,摘下挂在壁上的柴刀,将屋外种着的竹子砍下一株,剃了枝叶,进屋里把竹子劈成一块,洗净后捞出一把，丢在钵里煮。

打鱼的看得目瞪口呆，没煮多久，僧人揭开盖子，递给打鱼的一双筷子，说："吃。"

打鱼的接过筷子，试着夹起一片，竹片已经发软，轻咬一口，味同鲜笋，就大口吃起来。一气吃完，肚子已经充实，缓了一阵，看着那口钵，仿佛知道了当中的窍门，说："师父这只钵，真是个神物，那么老的竹子，都能煮成笋子一般嫩，我想，怕是什么东西都能煮了吃吧？竹子、树、野草、石头、土，真好，再不担心没吃的了。"

他看着自己走了老远的路，辛苦打上来的几条鱼，怪笑了一下，拿起一条鱼，硬了手脸，僧人见到他的面目，大吃一惊，张着的嘴巴忽然一条鱼游了进来，动弹了一阵，没多久僧人就软了手脸，倒在地上。

打鱼的用冷水浇了钵，洗干净用布裹了正要带走出门，一个人影朝屋子走来，打鱼的忙将僧人拖进卧房，隔着一张竹帘往外看。那人进屋子，叫着："师父在家吗？"

打鱼的哑着喉咙说："在，什么事外边说吧。"

那人立在屋中，很恭敬地站着，说："寺庙都给烧没了，我四处打听，听人说这里住着一位高僧。"

打鱼的听他这么一说，心就松了，清着嗓子说："找我有什么事？"

那人一阵没发声，突然俯身跪在地上，几乎要哭起来："我杀了人，我自己是个该死的人，为着一些鸡毛蒜皮的事，动气杀了别人，我这脾气，自己恨死了自己。我去官府投案自首，可人家说我杀一个人算不得什么，外边整天都有人在杀人，我们自己好人坏人也都杀。官府没理我，这世道已经坏成这样了！"

那人叹气起来，接着又说："官府不管我，我就找到那个人的妻子，我说你男人是我杀的，你把我杀了吧。我给了她一把刀，坐在凳子上等她，可她只是哭，怎么也不敢下手。师父，告诉我，我要怎么办才好？"

打鱼的只想将他打发走，说："你是不是觉得自己该死？"

那人说："我自然该死。"

打鱼的说："你看到了吗？桌子上有一把柴刀，你既然觉得该死，就把脖子割了。"

那人抬眼往桌上看，取下柴刀捏在手里。打鱼的听到外面声音有些乱，没多久什么声音都没了，他走出去，那人睡在一地的血中。他回到卧房，大力从僧人嘴里拔出那条鱼，用草穿了，随另外几条一起挂在肩上，捏着钵翻山越岭急步往家中赶去。

## 藏　技

咸丰大宴，席上一位老臣牙口不好，一粒坚硬的生豆子不知怎么混进了一盘软烂的熟豆子里，这位老臣用力一嚼，崩掉了一颗牙齿，糊了一嘴血。负责这道菜的御厨叫葛求图，他自知难逃责罚，当即溜出了紫禁城。

他没别的本事，只会做菜，活了三十五年，有二十五年全是在做菜。他不敢去大酒楼，怕藏不住手艺，被南来北往的食客识出。

一路搭船走路，亲戚不敢投，也不知自己要去哪里，只知道要离皇城远一点，再远一点，远到路费将尽，舍不得去客栈住宿，晚上就在破庙铺些稻草裹着身子睡。

其时太平军战乱，所到之处犹如蝗虫过界，路上走的游民，个个眼珠子发绿，像一匹匹饿狼。葛求图在破庙遇到一个饿得发晕的人，起先俩人还坐着聊了几句，到后来那人连说话的力气都没有，只说饿，想吃，望着自己带的一口铁锅，幻想着一只流油的肥鸡熬在里面，锅下面烧着火，散出的水汽就是香气。

那人一直嚷着饿，自然没期望从葛求图嘴里扒出粮食。葛求图看不过，口袋的一点钱摸了又摸，终于下了决心，去市集上买了几样菜。那人见葛求图提菜回来，立马有了精神。

葛求图是个对吃要求很精细的人,他不急做菜,在破庙外来回走,树枝、草地上下看,寻找一些可以用的佐料。那人在破庙里喊,要他快些把菜做了,葛求图要他再等等、再等等。

菜落到锅里,那人吸着鼻子,馋得发慌,一锅菜做好,俩人围着石头堆的灶,折了树枝当筷子夹起来开吃,一口菜刚进嘴里,那人的肚子一阵痉挛,缓了半天才吃第二口。他只觉得好吃,可分不出是真好吃还是假好吃。人一饿,吃什么都好吃。那人吃到一半,肚子已经没了饥饿感,才断定是真好吃。俩人吃到最后,那人扬起锅,罩在脸上,用舌头将残留的一点汤汁舔得干干净净。

这将死前的菜,可以说是盛宴,只是徒增了那人对世间的留恋,身子早已饿坏,吃上这么一餐,好比食了一顿鬼宴。大岚寺里,有一个专行鬼宴的和尚,食鬼宴的人自然还是会饿死,但临死之际却又自觉大餐了一顿。食鬼宴的人算是异类,是些吃饱了的饿死人。没多久,那人脸上现出死色,嘴巴动了几下,对葛求图说:"你没必要做那么好吃,做得差一点,兴许我还能多活两天,不过也不重要了。我是熬不住了,吃饱了死总比饿死好。你能告诉我你叫什么名字吗?"

葛求图嘴巴贴在他耳朵上，"我叫葛求图，"他顿了一下，"原本是个御厨……"

那人听到"御厨"两个字，嘴巴大张，"啊"了一声，苦笑着闭了眼睛，再没睁开。

葛求图一夜没睡，第二天乌着一双眼睛离开破庙，走到码头，站在一家破旧的小饭馆前，看着招牌上写的几样家常菜，走进去点了两个，不急不慢地吃。吃完没钱结账，说要留下来做厨子，老板不同意，他直走进厨房，捞起一块水豆腐，摆在案上，刀声不绝地响，声音停下来，用刀铲起豆腐，抛进水中，那豆腐渐渐散成一根根细丝。

破旧的小饭馆挂的招牌上经常变换菜名，口耳相传，来吃的人越来越多。虽是卖给出力流汗的挑夫，然而厨技得到展露，食客是天子还是平头百姓，对葛求图来说已经没什么两样。偶有一些吃过酒楼大菜的人来到这里专门品尝，连说可惜，到这里真是屈了人才，便有意介绍葛求图去大酒楼做厨子，葛求图往往一笑，说："这里蛮好，蛮好，我喜欢这个小地方。"老板还以为葛求图是个极重恩情的人，在做菜上任由他一人发挥想象，再不干涉。葛求图渐渐忘记了自己曾是一名御厨，忘记了那粒使他流离的豆子，做的菜越发大胆，菜名也起得稀奇古怪。

咸丰七年，连落十数日暴雨，大河决堤，地方大吏入

眼　戒

奏请帑，并请拣发八名知县去监工治理河道。陈如海五十岁中的进士，一直闲在京中，这次被委任河工，他带了一个管家和自己的妻子，一路颠簸，途经葛求图的小饭馆，三个人坐下，看了招牌上的菜名，管家笑起来，说："这么一个巴掌小的馆子，尽起些花哨的菜名。"

三人点了五样菜，陈如海吃到其中的一道菜，只觉得味道独特，舌头带动了胃的记忆，他叫出厨子葛求图，夸赞了一番，又说："你这一道菜，让我想到自己有幸蒙圣上皇恩，吃过的一次御宴。"

葛求图大吃一惊，暗暗使自己镇定下来，轻描淡写地说："哦，是吗？御厨我哪里比得上——您三位慢吃，我先进厨房炒菜。"

他在厨房切菜炒菜，眼睛不去注目手上，而是盯着外面的三个食客看，直到三人走后，他瘫坐在凳子上，几个客人在外面埋怨怎么迟迟不上菜，老板进厨房催促，他胡乱炒了几个后，推说身子不舒服就回去休息了。

次日他找到老板，说要走人，老板双手撑在膝盖上坐着，说："也好，你已经帮了我不少，够了，这是我修来的福气。咱这个店小，我也没那个野心弄大，你有那样的手艺，早就该去别处了。"

"不去，我再也不掌勺做菜了。"这句话涌到喉咙，自知别人不信，又隐忍下去，没有多说，收拾完行李就走了。

葛求图走后，小饭馆的招牌上写的是最初的几样家常菜，生意清冷。下了一场大雪，外边白得耀眼，老板想到葛求图，依稀有如大梦，只有这几年积累下来的不少银子，才让他确信是来过那么一位厨艺了得的人。

## 天　浴

大河上下，到了傍晚波光粼粼，上游是女人洗澡的地方，下游则归男人。小林虽在夏天的傍晚去上游看过女人们洗澡，但离得远，那些身形到眼里时，都是一个个黑点。小林已经十四岁，身子发育得完全，在一个很平静的日子，他无师自通地参悟出了自我释放的极大乐趣。有比他小的人都已经娶了媳妇，他虽能自给自足，次次又陷在大的空虚之中，有形无物的幻想哪里能比得上一个实实在在的女人。

"娘，给我讨个媳妇。"

一次晚饭时他突然对他娘说了这么一句。一口饭哽在他娘的喉咙，喉咙一胀，咽下去后他娘说："等过两年攒点钱再说。"

眼　戒

大伙光着屁股在河里游来游去，不游时坐在岸边拿条晒干的丝瓜在身上反复擦。男人们说起女人，小林听得发痴，发生了许多幻想，浑身燥热起来，下到水没腰的地方，手沉在水里，不自觉地闭眼套动起来。他浑身抖了一下，一尾拇指粗的鱼游在他的胯下，将他白色的污秽吞进嘴里，使劲掸着尾巴，逆流而上，不知费了多大劲儿，游到了女人们沐浴的上游。它在一片裹着薄纱的大腿中找寻，几乎带着自戕的决心，力道大得出奇，钻进了一个女人的身体，吐出了小林的污秽。

一个叫苗苗的女人发出尖叫，所有的女人都停下来看是谁在叫。那条鱼卡在她的下体，拔出来时鱼已经毙命。死鱼翻着白肚皮浮在水上，女人的大腿缠了一条红色的丝带。她走得艰难，到岸边换了干衣服瘫在地上缓气。她没将那条鱼的事告诉给别人，只说被什么东西咬了一口，让人扶着到了家。

做米铺生意的人托了一个老女人正在她家说媒，几块红纸包的糖、两壶烧酒、一大块猪肉、两担大米摆在门口，老女人说：

"事儿你们有意没意，这些东西只是个见面礼，没意也不必退，陈老板是个大方人，他二儿子长得也是一表人才，将来米铺总有他几间，真是个动动秤就能富足的买卖。苗苗长得乖,自然也不怕找不到个好人家。"

苗苗父母听见是做米铺生意的陈老板,又耳闻他二儿子算是个踏实肯干的后生,心里已经欢喜起来,说:"虽说这事由我俩做主,但还是得问问我家苗苗,从小娇惯了。"苗苗她爹哈哈一笑,把脸转向女儿,苗苗是见过陈老板的二儿子的,羞声说:"我的事爹和娘替我做主就是。"

两家人一来二往,吃了一顿饭,就把婚事定下来了。

小林父亲死得早,母亲一直没改嫁,母子俩种着薄田辛苦过活。陈老板的二儿子叫宁生,大小林一岁不到,听说他说了苗苗做老婆,他羡慕又嫉妒,最后在床上辗转反侧,想起几天前在街上碰过苗苗一面,那张脸浮在黑黑的屋中朝他笑着。

"要是能做我的女人就好了。"他紧抱着竹子编织的枕头睡去,迷迷糊糊中到了河滩,有人在唤他的名字,他听清了方位,只见水里面站起一个男人,下半身长着鱼的身体,一脸怪笑地说:"快叩头谢我吧。"

小林说:"我干吗谢你?"

鱼人说:"我舍命让她怀了你的孩子,你说该不该谢我?"

小林说:"她是谁?"

眼　戒

鱼人说："到了十月初八早上，有一个女人将会到大叽石边沉河自尽，你早早守在那儿，就知道是谁了。"鱼人说完就一头扎进了水中。

小林醒来，梦中所见记得清晰，往后每隔半月，鱼人都会在梦中出现，除了日期，又将自己如何游进苗苗的身体也说了。

苗苗的肚子不知怎的一天天大了，身体有些不舒服。母亲留意到异样，找了个医生，医生说有喜了，几个听的人大吃一惊。母亲就问："是不是把身子给宁生了？"

苗苗摇头，父亲铁着一张脸，问她是哪个畜生，苗苗说不知道。苗苗家只得退了婚礼，找不到个诓人的理由，横下心来说："我家苗苗怀了别人的种，你们还要吗？"

宁生知道后，气不过，把这件事到处同别人说了。街坊流言四起，苗苗哭了几回，到了十月初八早上，到大叽石准备投河自尽。小林觉得梦怪，日子记得清晰，早上早早去大叽石等。见到一个女人从石头下跳下去，他跳进河中将她救上。

苗苗吐了几口水，躺在滩上，眼前蹲着一个男人正看她。她说："你为什么要救我？"

小林说："我听他们说了，我信你，你自己也不知道肚子怎么大的。没关系，就当怀的是我的孩子，干吗要去寻死？你嫁给我吧，我不怕别人说，也不在乎。"

苗苗听了很感动，在河边，两个人搂着直坐到中午。

小林没费什么钱就娶了苗苗，又想本就是我的孩子，何必在乎别人说什么。孩子生下来后，越大越像小林，他更加坚信鱼人所说，那是自己的孩子。想着鱼人舍生为己，真该好生叩谢，但又想到第一次进入自己妻子身体的竟然是一条鱼，顿时又憎恶起它来。

## 古　塔

我自幼生活在庸和山上，没下山以前，我以为人是世界上最稀少的动物，只有师父和我。鸟是世上最多的动物，它们成群结队落在枝头。论说最多，其实鸟算不上，应当是蚂蚁，但它们太过细小，又惹我讨厌，熬的糖汁若不收紧藏严，它们总能拐弯抹角偷吃，所以我把这些小畜生列在动物之外，也就是师父所说的，阎罗大殿里，生死簿上没有它们的名字。师父说的是一只猴子，又告诉我说，那只猴子是从石头里炸出来的。

师父教我言语，它们区别于鸟鸣虫叫，只有我和师父懂得。我曾费大力气探究鸟的说话声，却怎么也没弄明白。

眼　戒

晚上师父常常发梦，每天早上醒来，他都会告诉我梦中所见，那真是一个光怪陆离的世界，譬如蛇长了一双人眼，大石能在天上飞。问到我的梦，我说一片漆黑，什么也见不到，师父就说，不怪，毕竟你没开眼见过世面。我不明白世面是何种样子，无非就是山和树，以及各类动物。

在我二十岁那年，师父带我见了一次世面，令我大开眼界。你自然以为是师父带我下山，其实在师父有生之年我都没下过山，直到他死后，我才离开庸和山。

那天我记得清楚，这辈子也没法忘记，即便那是梦。师父带我进入他的梦中，那是一片茫茫荒原，只生一些枯死的野草，草已经死掉，却还能够生长。荒原上一座座古塔，造设的像佛教的七级浮屠塔。古塔七层，塔身泛着瓷器的白光。师父带我走进属于他的古塔，他掏出钥匙，打开一把大铁锁，告诉我："多少术士都幻想有这么一座塔，我走后这座塔就属于你了。"

我亮着眼睛，随师父进入古塔，他递给我一个面罩，要我戴上，嘱咐我不要摘下来。第一层有七个房间，里面关押着两个人。人，不错，我是在师父的梦中见到第三个人的，也是第一次见到女人。她赤身裸体，身体的形状有别于我，见到我这个生人，她弯腰抱膝，有意藏住什么。

师父走进去,俯视着她,说:"怎么,见到我这个小徒弟还害羞了?"

第二间房关着一个男人,手脚已经被铁链子锁了,师父进入里面,问他:"怎么?还不愿告诉我官银藏在哪儿?"

这个人用师父的话说真真是铁石心肠。两年前辰州库房官银被盗,原本用来赈灾的官银被这伙人尽数盗去,此人负责运输收藏,一直不肯吐露官银藏在哪儿,即便知府用刀在他的屁股上划开许多片肉,再让他坐在撒满干盐的稻草上也没能撬开他的嘴巴。辰州大雪,之后硬冰结地,不知冻死了多少人。知府命人抬着他,往各处寻冻死的人看,希望动动他的恻隐之心,无奈他铁石心肠,知府就命人守住他家,把棉被、木炭、吃的都缴了,他眼睁睁看着自己的妻儿父母一个个冻死,也只是流了几滴泪,什么话也不说。见到师父,他冷笑着说:"晚上关在你这里,白天关在辰州大牢,两处有什么不一样?"

师父说:"难道你就不想在梦里边逍遥快活吗?"

他说:"梦里边逍遥快活又有什么用?"

师父说:"你把白天当成梦,把晚上发梦当成现实不就成了?"

听师父这么一说,他自言自语起来,我想他已经被折

眼　戒

磨得快疯了。

游了一趟师父的太虚幻境，第二天我从床上醒来，木木坐着发呆，师父怪笑着看我说："是不是梦到了以前没梦到过的东西？"

我说："师父，这就是你说的世面吗？"

师父说："算是吧，师父这件本事今天就传给你。"

师父似乎预感到了自己不久将要离开人世，却没预料到会如此突然，几天后他就去世了。埋葬师父过后，我利用他教我的本事，进了之前属于师父，现在属于我的那座古塔里。偷到官银的人已经从里面消失，我想定是他在辰州被处决了。不经塔主放人，人只有死掉，在梦中才会不受古塔的监禁。

现在只剩下那个女人。我走进她的房间，她第一次见我单独来，就问："你师父呢？"

我说："他死了。"

她笑一下，耸肩又笑一下，说："老变态终于走了。"

她看着我，又笑着说："你知道吗，你师父硬不起来。"

我说什么硬不起来？她又是一笑，把一只细嫩的手探到我的裤子里，异物的柔软与温暖让我瞬间明悟了什么是坚硬。她的嘴巴在我耳边哈气，痒痒的。

她翻身陷进我的身子，刹那间，我对师父深感愧疚。梦中醒来，我的床上有一团潮湿，闻起来一股腥味。

后来几天晚上，我常常去古塔，有时要等到夜很深才能见到她。

"放我出去吧，我不想每次做梦都在这间房里，这个梦我已经做一年了。"

她的手指在我的胸前爬着，慢慢爬到我的脸上，"我连你师父长什么样都没见过，我看看你。"她想揭掉我的面罩，我捉住她的手，她眼睛定定地看着我，"放我出去吧。"

放她出去，庸和山上师父已经不在，只剩下虫和鸟，梦里的古塔也将空荡荡，再没人陪我说话。我说："放你出去，可就再没人陪我说话了。"

她说："傻，你可以去城里找我，你不想在现实中拥有我吗？"

"可你是师父的女人。"

"他死了，这座塔和我都已经传给你了，再说我也不是他的人，他那样一个老头，哪配我！"

我决心去找她，第一次下庸和山，走了几天的路，终于见到一个农人牵着头黄牛在路上走，他戴着草帽，压得很低，脸阴在黑影里，我向他打探去城里的路，他指了一

眼　戒

个方向就牵牛走了。

城里男人个个戴着面具，女人则面貌不一，在大街上川流走动。路口设有一个茶铺，一个说书的老者在上面讲着什么，大家都很认真地在下面听，我也挤进去，老者说："列位，你们可有人知晓古塔是个什么样子吗？那是关押流犯的地方，流放到古塔去，路途遥远，是不会让你骑马过去的，都是赤脚徒步过去的，大部分的流犯都死在了路上。就算古塔那里鸟语花香，没有折磨人的刑罚，只要去那里的路一样，它还是个人间地狱。"

老者喝了一口茶，又说起来："礼乐崩坏，世道将乱，有太多的人都该流放到古塔，只是他们藏得隐蔽，官府拿不出坐实的证据，又不能没有由头地缉去审问，于是一个个术士被官府招募，在梦中造设一座座古塔，专门用来审讯这些心思可疑的人。"

"这些术士死后留在自己的梦中世界继续生活，一草一木都是他们所设，肉身虽死，却也是永生了。"

天色黑下来，我打算找个客栈睡一晚再去找她。晚上我又潜入古塔，她说："下山了吗？"

"下了，明天就能见到你了。"

"那看看你长什么样，我怕到时候认不出。"

她揭掉我的面罩，脸上有了奇怪的表情，一笑，说：

"原来你是你师父的儿子，长得那么像，一定是了！"

早上起来，我走在街上，念着"我是师父的儿子"，师父就是我的父亲，我憎恶起他，至死他都没告诉过我他是我爹。我走在街上，不知要去哪里，一个人撞向我，面具掉在地上，一张脸露在面前，我吓了一大跳，说："师父，你怎么在这里，你不是死了吗？"我几乎要哭起来："你告诉我，你究竟是不是我爹？"

他说："我不是你爹。你就是我，我就是你，这里人人都是你我，你仔细看看！"

我环眼茫然四顾，菜贩子放下手中的秤，卖包子的将蒸笼码稳了，道上骑马的，马蹄僵住了一样，大家都停下来，四面八方的目光都聚在我身上，他们揭掉了脸上的面具。

眼　戒

# 古典夜生活

## 入 室

客栈燃灯之后,七位旅客嫌时候尚早,无法拥被入睡,又没有娱乐活动,于是聚到一楼,集资买了两盘花生米,两盘蜜饯干果,两壶茶,坐那儿吃喝聊天。

聊新闻,也聊野史。客栈老板端茶上桌,说:"聊归聊,你们的行李要看好,前几日咱这店就遭了蟊贼,当中几位客官的损失可不小。"

内中一个肥头阔面的人说:"你这店不是有人守夜吗?"

老板说:"那蟊贼攀墙入室,灵活得像只猴子,守不住。"

另一个眉清目秀的读书人突然站起身,说:"那我得上楼把我包袱拿下来。"

几个人见他上楼,也都一个个跟上去,楼道里响起一阵连环脚步声,踢踢踏踏,不多时大家抱着包袱下来,互相点头示笑,重新坐到一块儿。

话题抛到蟊贼身上,老板却已藏身在柜台后,站在那儿噼里啪啦拨弄算盘,翻阅账簿,计算当月盈亏。几个人续接上老板引出的话,肥头阔面的人似乎颇有一番经历,就先开口说:"我是个厨子,之前做事的酒楼,就出过一个蟊贼,真是个好吃贼。他从不偷人钱财,每日待我们放工,就溜到灶房,看看有什么剩饭剩菜就偷去吃。

"若是没遇到剩饭剩菜,他就自己起个小火,片些肉放锅里焖。有次灶房买了一坛甜酒,专门用来做汤的,他一碗一碗当水喝,喝多了醉在肉案下,第二天还没醒,被我们逮住之后……"

"稀松平常,稀松平常。"一个贩药材的毫不客气地打断厨子的话。

"偷些吃的算什么,我来说个采花大盗的故事。有一年我去松江卖药材,听几个同行说起当地一件新闻。有个采花大盗,不去掳劫女子,专门找些和自己身材一般成家立业的男人,摸清他们的住所,晚上再溜进他们的卧房,用迷药迷晕男人,放到床下,自己则摸到床上,趁着夜色，假装别人老公，挑逗他人妻子，暗中一言不发，有些妇人直到天亮醒来还蒙在鼓里，浑然没有觉察。"

几个人听完脸上有些异样，都不言语，这时候那个年轻读书人说："这可比偷些吃的要坏得多，我也说个和偷有关的故事吧。"

他不急不慢抓一把花生米，丢一颗到嘴里，扬了头，嘴巴微微翘起，凝神想了半天，大家等得不耐烦，突然他把头低下，非常高兴的样子，说："是这样一个事，有个人家里非常穷，白天要帮人扎灯笼，晚上才得空读书，可他舍不得灯油。"

坐在读书人对面的一个老头皱起眉毛，说："你是说他隔壁那户人家夜夜灯火通明，他就把自家墙壁挖了个洞，偷他家的光用来读书？"

读书人惊奇地说："你也听过这个？"

老头说："这算哪门子的偷。"

读书人很丧气，把头低了，吃起干果。

老头说："我也贡献一个，是和我自己有关的。"

他把袖子挽起，手臂上露出一个"贼"字，大家伸长脖子，头交头，盯着那个字看。那字是经火烧烫而成，年岁久远，一笔一画，跟蚯蚓一样。他褪回袖子，大家就散开脑袋，笔直地坐在桌前，要听老头讲。老头说："有一年冬天，天落大雪，那时我才二十岁，走到一个棚子下面，看到里面缩着一个妇人，抱着两个小孩，脚边架着一口小铁锅，下面只有一丁点的火，锅中煮着些雪，还没化掉。

"她见我来，脸上有几分羞，见我要走，就突然站起来，乞求我弄点米送她，她好煮一锅给孩子吃。"

老头眼角流出几滴泪，擦了一把，又说："我真是善念一起，就遭了厄运。那时我自己没得一个铜板，却只因早上别人施舍了两个馒头，腹中还剩一点暖和，就想帮她寻点米，于是就到一家米店，趁老板不注意，抓了两把米，不料让旁边一个买米的人撞见，就当场吆喝，把我送到了官府，烙了这么个字到手上。"

厨子听完手在桌上一拍，叫骂道："抓你的那个人真是多管闲事！才两把米就要烙印刻字。"

读书人吸着鼻子，把手搭在老头手上，安慰说："你说我那个故事算不得偷，那你这个就更不算了。"

客栈老板盘算下来，这月挣得不少，心下欢喜，就从柜台里摸出一包牛肉干，走到众人桌边，小心揭去几层封纸，摊在桌上，说："我请客，吃。"

大家就不客气，七只手长短伸了，拈一块到手里，细细扯成丝吃。

眼　戒

八仙桌正好空一个位，老板填进去，里面一个卖曲儿的搂着一把古色二胡，说："肉有了，酒怎能少，我请大家吃酒，老板，来坛二锅头，再取八只碗。"

老板起身进厨房，出来时一手抱酒，一手托着八只叠在一块的碗。大家分了碗，卖曲儿的将酒满满倒了八碗，晃一晃坛子，声音浑厚，几乎要荡出来，还剩一大半。卖曲儿的放下酒坛，笑着说："这买卖实在，够吃了，够吃了。"

大家举碗碰了，深深浅浅抿一口，放下碗，抓起花生米吃。

卖曲儿的摸着自己的二胡，说："我这把二胡，虽不是名家打造，却是我父亲家传下来的信物，宝贝一样收着，靠它吃饭，哎。"

太息之间，想到自己的老父，他虽已亡故多年，却仍似幼时一样活在他身边，舍不得他受寒挨饿。记起他病入膏肓之时，放心不下自己，唤到床边，说："儿啊，我没有什么家财留给你，你人又瘦，干活样样都比别人落后，而今我是要走了，只这一把二胡，你要勤学苦练，往后兴许能混几顿饱饭。"

每每拉曲，念及父亲，仿佛曲中藏了父亲的魂，听者无不沉湎。

里面一个游历诸多名山，见识广博的游客说："想必你技法纯熟，不如拉一曲，让我们欣赏欣赏。"

卖曲儿的说："好，那就拉一曲，献丑了。"

曲子一响，众人个个忆起旧事感伤。曲声结束，大家什么话也不说，空洞洞望着什么，酒一口接一口喝，不知什么时候，渐渐醉去。

首先醒来的是贩药材的商人，只觉大腿上少了些重量，一瞄，发现自己的包袱不在，大呼一声："不好，遭贼了！"

当中两个听到惊呼声，朦胧中就去摸自己的包袱，摸空之后立刻清醒，就摇醒了另外几人。

大家吵吵嚷嚷，过了好一阵子才发现八个人中少了一个，就是那位手上刺了"贼"字的老头。

大家的包袱悉数被盗去，连读书人包中那几本文选也没幸免，倒是卖曲人的那把二胡，没有损伤，摆在桌子正中，一点油水也没沾到。

## 灯　笼

徐明在灯笼作坊做工，干到二更放工后，路上黑黢黢，提着灯笼更害怕，自己像是明晃晃的猎物，豺狼都潜伏在黑暗中。见到比夜更黑的一团东西,他就把灯笼凑上前,黄黄的光什么也没照出,仍旧是黑。

遇到比夜白点的一团灰,也把灯笼凑上前,还是黑。

前边亮起两点绿光,似两只发光的狗眼睛,停下,镇定后再走,才发现是两只灯笼。

灯笼挂在独轮车两边,车下垫了四根木头平衡,车上摆着一个炭火炉子,旁边放着一张小桌子,上面扣了两个铜盆,边上有几十个包好的饺子。

一个和他年岁一般的女子正坐在炉子旁烤火,见到有客人来,就起身说:"下碗饺子吧。"

灯笼作坊里都是些大妈,徐明每日就是扎灯笼、糊灯笼,难得和年轻女子说上一句话,就说:"那就下碗饺子吧。"

女子掩了炉子的门,炉子上架着一口锅,里面原本就热着的水滚了起来。女子下了饺子,问他:"干饺还是汤饺?"

"汤饺。"

徐明坐在旁边的胡床上,端着碗先喝了口热汤,放下碗,说:"你胆子真大,敢一个人晚上出来卖饺子。"

女子也不客气,说:"那你还不是一样?敢一个人打灯笼闲逛。"

徐明话比平常多起来,说自己才放工,明天花船要游湖,订了很多灯笼,忙活不过来。女子说,花船游湖,这些天赶夜路的人多,她就在这里卖饺子。

人多?眼下分明只有徐明一个人。她又问徐明去不去看花船,徐明说他明天傍晚就收工,到时候会和家人去看。

突然起了一点冷风,徐明浑身一摆,他就把胡床搬到火炉旁,端着碗,边烤火边吃。女子嫌他挨自己太近,瞪了他一下,徐明说:"我有点怕。"

"你怕什么?"

徐明也不知害怕什么,只见黑暗之中,走出一个中年男人来,徐明就顺手指过去,说:"怕他。"

那男人走到摊子前,脸上的皮肉粗糙得看不出表情,他将手往饺子上一指,说:"要干的。"

女子起身下饺子。徐明吃完一摸口袋,发现口袋破了一个洞,里面的铜板一个也不剩。徐明不是吃白食的人,脸皮薄,何况又是在一个面容姣好的女子面前,他想了下,说:"灯笼你要吗?我钱掉了,就拿这个抵给你。"

女子看着徐明的灯笼,上面题了几行字,说:"那就把灯笼给我吧,反正我也常用到。"

徐明见她爽快,觉着自己吃亏,说:"那你得再找些钱给我。"

女子不乐意了，说："那可不行。"

徐明就提着灯笼，走到那个中年男人面前，低声问："灯笼，你要吗？"

男子点了下头，问了价钱，就当场付给徐明。徐明付完饺子钱，还剩一些，盘在手里，摸黑往住处走去。男子吃完，提了灯笼，也朝一片黑暗中走去。

第二日徐明去灯笼作坊做工，进门就听一声喊，拥出几个壮汉，将他打翻在地，五花大绑押到了衙门。就在昨天晚上，有人潜进本地一个富户，盗了几张古代名家字画，杀了一个看守的家丁，尸体旁边弃着徐明的灯笼。那灯笼上有作坊的名号，徐明为了避免和别人的灯笼弄混，又添上了自己的名字。

徐明想到，那个摆摊卖饺子的女子可以做证，可那天晚上过后，那个女子就再没到那里卖过饺子。

好美食的人怎能错过夜市，即便囊中羞涩，到了此地，见到满街的灯笼下，一个个摊子，卖油炸的，炭烤的，滚汤烫的，不禁抚着肚子，询问价钱，买上一点儿，又挪到下一个摊子消费，哪管明日的饭食计划。

京官杜建之办差途经此地，下车时正是夜市最热闹的时候。十年前他还是本地的邑尉，掌一县治安，缉捕恶盗，刑罚甚厉。相隔十年，回到发迹之地，感叹变化之大，记忆里已经全然没有印象。他穿着素衣，吩咐几位随从候在车旁，自己走走逛逛。

到了一个卖猪手粉的摊子前，他停下脚步，看着秋油炮制的猪手，不自觉坐下，点了一碗。

摊主是个不到三十的女子。她摆上一只大碗，里面蓄上汤，烫了米粉，用漏勺沥干残水，滑进碗中，再加上猪手和佐料，端到杜建之桌上，就又去招揽食客。

杜建之挑起团在一块的米粉，拉出一根齐额不断，韧劲十足，便问女子，是否用的庄田泉水。

女子答是，说自己就是庄田人。

那是十多年前的一件公案，庄田出了几个恶盗，杜建之带人前去缉拿。恶盗捉住后，用盐木枷枷了，带出庄田时，见路边有个卖粉的小馆子，一行人就顺路点了猪手粉吃。

杜建之乡音已改，夹杂几分京城官腔，说："十多年前，我去过庄田一回。"

女子得了空闲，说："听你口音，像是从京城过来的。"

杜建之说："是从京城过来的，不过原先在这里的。"

女子说："在京城做生意吗？"

眼　戒

杜建之啃光一块猪手,将骨头抛给一只正在寻食的黑狗,笑一下,说:"在那边做些生意。你卖这个多久了?"

女子说:"十年了。十年前我卖饺子的,后面就改卖猪手粉了。"

杜建之说:"这里不怎么时兴吃饺子。"

女子回想往事,十年来的愧疚已经使她无所畏惧,说:"倒也不是,吃的人还是有的,只因十年前有天晚上出摊卖饺子,遇到一个提灯笼的年轻人,没钱付我饺子钱,要把灯笼卖给我,我没要,之后他就卖给了另一个吃饺子的人。大概就是那个买了他灯笼的人闹出了一桩命案,把那灯笼留在了命案现场,官府就把罪状全部推到了那个年轻人身上。"

女子又说:"官府来我摆摊的地方找过我几回,我那几天跑去看花船游湖了,后面有人悄悄告诉我,我那时胆小,怕被牵连进去,就没敢去做证。"

她叹一口气,说:"哎,真是可怜,那个年轻人就这样稀里糊涂冤枉死掉了,听说当时负责那个案子的人,叫杜建之,已经升到京城去做官了。"

杜建之一呆,并不言语。

突然起了几股阴风,由黑漆漆的街巷入口扑来,吹得街上的灯笼都荡了起来。女子望着满街摇曳的灯笼,仿佛成百上千个提着灯笼的游魂，僵在原地茫然不知要往何处去。她说："看不出来吧，原先这里是一块法场，他就是在这里被处决的。"

法场一词，既是佛家的道场，亦是刑场。

## 月　夜

彼此极不待见的两个男人即将发生一场恶斗：他们在月光下手握一把泛着冷光的柴刀，隔着一堆稻草，扬言要砍死对方。

这两个男人是邻居，一个叫天干，一个叫大雨。生天干那年遇到了旱灾，田中颗粒无收，于是他爷爷给他起名"天干"。次年大雨出生，正逢洪灾，他爷爷跟天干的爷爷是六子棋友，两个老家伙正在下棋，大雨的爷爷正为孙子的名字犯愁，天干的爷爷输了一盘棋后，就建议起名"大雨"。

六子棋在乡下非常盛行，不比象棋需要识字，也不像围棋煞费脑筋，简单，小孩子看看就会，方便，棋盘画在田间地头，棋子用棍子、石子都行。

天干和大雨光名字就相生相克，简直得了道家阴阳两极的精髓。

恶斗的起因非常简单。大雨家晒谷时，天干家散养的母鸡领着一群小鸡冲进谷场偷食，大雨家的狗追着一气儿咬死十来只小鸡。

咬死就咬死，那狗居然还叼着一只小鸡跑到天干家挑衅，天干认出是自家最可爱的那只，就摸起柴刀，砍伤了大雨家的狗。

那狗拖着腿，趔趄回家，大雨一见就炸了，誓要为自家的狗复仇。

两个人吃完饭，手握柴刀，由小路逼到稻田，从黄昏僵持到月夜。

俩人都没娶妻，曾经相好的爷爷也都化成了山头的小丘，没有墓碑。

假设俩人现在已经成家，不知道媳妇是劝架还是帮腔，若是帮腔，极有可能在黄昏时就失掉自己的男人。

俗话说月黑风高夜，正是杀人的时候，不过指的是暗杀，如今是明斗。明斗在黄昏时，西边落日残阳，血红血红的，更容易冲昏头脑。

月亮当空，照得地上的一切都黑白分明。一只青蛙伏在稻草上，见证着两个男人的生死。它时不时鸣上几声，是在嘲笑和督促，引得两个男人都想将它劈成两块，但是谁也不敢动刀，只将捏出汗的手在刀把上擦擦。

他们为同一个理由反复争辩：鸡偷谷，狗咬鸡，人打狗。

循环而稳定的三角关系，总之都说自己有理。

无法说服对方，就把陈年旧账摆出来算。先从近的开始，一样一样，直算到俩人还是孩童的时候。

彼此没有放松，反倒更加紧张了，今天晚上，总得弄死对方或者自己。月亮转移，就连那只青蛙也看不下去，跳下草堆，溜进了老鼠洞里。

山上下来一头不太大的野猪来田里觅食，希望能从稻草堆里翻出几株遗落的稻子。此时天干和大雨已经结束了争吵，两人立在那儿，像两个稻草人。野猪一路拱着田间的稻茬，什么也没翻到，气鼓鼓直往前边的稻草堆冲。俩人听见响动，野猪已经奔来。他们几乎马上达成共识，挥刀与野猪搏斗。

面对这种凶猛野兽，他们是害怕的，但拿刀与人斗，比拿刀砍野猪更加令人恐惧，恐惧也就减了大半。之前的怒气得到发泄的机会，斫杀结下宿怨的死敌一样，把劲儿都用到了野猪身上。

那野猪大概今天没寻到吃食，又眼瞎碰到两个拿刀的人，格外憋气，并不逃跑，冲完天干撞大雨，咬完大雨扯天干。

眼　戒

冲撞大雨时，天干就爬起来砍它后腿，野猪又掉转头去咬天干，大雨就咬牙切齿，青蛙跳跃一般，砍向野猪的后腿。

野猪后腿虽然皮粗肉厚，怎奈今天俩人约仗前选了家中新买的柴刀，早已把柴刀磨上了百来遍，无比锋利，砍肉斩骨不是大问题。

一场恶斗过后，野猪已经不能正常行走，两个男人也是伤痕累累，却感觉不到疼痛，把刀往野猪脖子上来回割。

野猪的嚎叫震天响地，惊得附近山上的鸟儿在稻田上掠来掠去，蛇在洞的深处盘成一团。

猪血像突破泥沙的泉水，流经两个人的手掌，有些烫手。两个人摁着野猪，浑身发冷，心下都想，今天要是被对方杀死，大概就跟现在的野猪一样。

野猪彻底失去温度，两个人才松了刀，瘫躺在地上，月亮还是那么白。损失十来只小鸡，伤了一条不听话的狗，因为屁股旁边的这头野猪得到了补偿。他们几乎不再怄气，接下来要讨论的是如何分肉。

一人一半，这一点没有分歧。他们决定分头行动，一个去拿杀猪分肉的工具，另一个去拿装肉脱毛的行头。两个人往家走去，衣服都没换，拿到工具后往田中赶去。

他们在地上铺上稻草,将野猪翻到稻草上,又盖了些稻草到野猪身上,然后用火石点燃。几阵大火后,猪皮已经烧焦,毛发不存,分骨拆肉,连猪心都对半切了。

先是对峙,再是恶斗,后又干了屠户的活,晚饭俩人虽吃了几大碗,但蓄养的精锐折损殆尽,肚子饿得厉害,就割了大块五花肉,抹上家里带的盐,捡了些干柴,生一堆火,把肉丢在火里烧。猪油渗透出来,火势猛烈,盐激发出肉的香味,化成一道道油烟,诱得俩人的肚子紧缩。见时候到了,俩人立马用树枝拨出烧肉,抓把稻草垫在手里,吹弹肉上的柴灰,小口撕咬享受这场恶斗的战果。

大餐过后,月亮隐入灰雾之中,天边吐出银光,他们清理完田中的脏东西,趁着仅剩的一点夜色,各自扛着半头猪肉,溜回了家中。

天光大亮,他们没换衣服,连脸都没洗,串街走巷,大家见了,莫不嫌弃又好奇,就问:"真和天干打了?"或问:"真和大雨干仗了?"

两个人都点头,都不说话。

## 灯　灭

倦意连绵,我躺靠在椅子上,身体里有什么东西在萌芽舒展，待我看清了，哦，原来是一粒种子，但见它吐出嫩芽，弯弯曲曲长将起来，藤蔓缠绕，枝条修长，不多时长成一棵参天大树。我顺树攀爬，周边的山河矮下去，再往上一看，雾霭蒙蒙，风一吹，现出一座大殿来。

还不待我看清，铺天盖地的黑笼罩过来，不知何处有一个轻柔的声音在唤我，睁开眼睛，见我妻子站在油灯旁，她已把一件衣服披在我身上。

油灯旁有本翻开的当代名家文章选集，上面落了几点油，浸在几个字上。我须再费些神，把文章研究通透。

然而妻子说夜已经很深了。我说功名要紧，大考在即，于是又正襟危坐。妻子笑而不语，不知何时已贴在我身后，把一双纤长细嫩的手架在我肩上，穿过椅子，替我翻起书来。她哈出热气，说："我伴你读一会儿。"

热气几丝，落在我耳朵上，痒痒的，使我不得精神专心看书。

我捏住她的手，轻轻抬起，说："你去睡吧，等这灯油烧完，我就……"

"灯油烧完怕是已经四更天了。"

妻子嗔怪，随即夸我文章火候已到，不必这么劳苦，又说那功名富贵，不过流水云云。我说适才有一大梦，妻子绕到我身前，挨我腿上坐下，软软地拥在我身上，双手缠住我脖子,问我:"什么大梦?"

梦还记得清晰,要是再过些时辰妻子问我,定然已经忘记。我便照着梦中所见,一一同她说了。

"原来是个南柯一梦。"

"南天门口,兴许是预兆我这条鲤鱼,即将跨越龙门。"

"是呀,是呀。你不是鲤鱼,你是人,是我的人。"

妻子对我的梦似乎无甚兴趣,搂我更紧,几乎要与我重叠融合。

她的下巴搭在我肩上,双手箍住我双臂,我挣出双手,在脸上拍打,紧了紧脸,轻轻将她推开。

妻子捏住我的手,问我为何要抽打自己,又将手触在我脸上,似乎要寻出几根泛红的指印来。我说我没抽自己耳光,功名富贵要紧,得再看几页书。

"书是看不完的,何况夜已经很深了。"

屋外黑沉沉一片,窗户敞开,油灯的那点光亮,完全消融在黑夜中,往常能听到的鸟鸣虫叫,这会儿也寂静无声。

起风了,可连风都哑了喉咙,只是吹,窗户虽动,却无拍击声音。妻子离开我,温热迅速流失。她掩了窗户,回身时我让出一半椅子,她坐下去,依在我身上。

眼 戒

我手指没入她的长发，像是进入了丝绸之物当中。得亏妻子嫁妆丰厚，才让我从粗麻布里挣脱出来，感受到丝绸的软滑，也让我闻到人体之外脂粉的香气。

"我若不考取一个功名，实在愧对于你。"

妻子说："不打紧的，功名有则有，没有就没有。"

她突然仰起脸，说："你也不像个太在乎功名的人。"

这话一出，油灯下那本书上的文字，蝌蚪一样游动起来，怎么也看不清。

她又说："即便你没有考取，光是嫁妆就够我们吃喝一辈子，何况以后还有我们的孩子。"

我们的孩子？他们在哪里？妻子看出我的疑惑，揽住我的手，从她的肚子上滑过去，说："现在没有，以后会有的。"

我闭住眼睛，想象着子女在屋中追赶打闹，妻子在她们身后追赶。我睁开眼睛，眼角湿润，要不是遇到妻子，我怎能体验这人间的温情？

油灯微弱的光，总是能使人联想、使人话多，只是书上的文字，就看不大清，使人发昏。我睁了睁眼，将妻子搂在怀里，空出的手去翻书。

妻子嘴巴微翘，嘘了一声，白纸糊的窗户后扑闪着一只黑影，妻子起身打开窗户，一只金丝雀飞了进来，落在我的书上，对我"叽叽"叫唤。

我用手指抚着它光洁的羽毛，摇头笑着说："不懂，不懂。"

它瞬间明白我的意思，用喙在书上不停点着一个字，我还没明白怎么回事，妻子已经替我磨起墨，铺上一张白纸，将笔递给我，说："兴许是只神鸟，来给你透露考题。"

我浑浑噩噩接过笔，金丝雀在字上啄一下，我便在纸上照写一个，又见它用爪子抓起几页纸，翻页寻到下一个字，我便又跟着写。

我一看抄写的文字，词句贯通，引经据典，真乃神鸟也，不仅断文识字，居然还熟读选集。金丝雀点完最后一个字，妻子伸出手，它扑棱一下飞到妻子的掌上，妻子说："这回你不必担心了吧，只要照着题目做。"

我心下大欢喜，跪在地上，叩头拜谢。那鸟"喳喳"叫唤几声，妻子将手一抛，它飞过窗子，消失在一片阴沉沉的夜色当中。妻子又掩上窗户，勾魂摄魄似的朝我微笑，说："夜已经很深了，我们上床去睡吧。"

妻子扶我起身，油灯里的油已经见底，屋里昏沉，我们走到床边，坐在床沿。我把手触进被子里，里面还余着妻子睡过的体温。不远处的一只木炭炉子热着壶水，妻子

眼　戒

正要起身打水,我轻轻按住,说:"今夜就由我去吧。"

我提出墙角竖立着的木盆,倒上热水,用手指试探水温,又添了些冷水,端到妻子脚边,替她脱下鞋,将她的脚放进水中。

我紧挨妻子坐了,脱下鞋子,四只脚在水里游来划去。

水有些凉了,妻子附在我耳边呼吸,轻轻念着:"夜已经很深了,我们睡吧。"

我脱下衣服,摸到腰间枯瘦的几层软皮,惊出魂似的急急趿上布鞋,跑到油灯旁,挑了下灯芯,捏在手中往身上照去,只见是一个老头的身躯。

我不过二十,肉身何以这般衰败?问询妻子,只听她在床上应答:"你已七十有一。"

五十载光阴弹指间流逝,而我犹如手中那盏油灯,只见它炸出几个火星,随我坍塌倒地,我也跟着一同熄灭在无尽的黑暗之中。

# 南梦客栈

一

日中，大雨，我避在桥云亭里，天气颇凉。道旁几匹军中牧马正低头吃草，这年头兵戈不息，听人说，桥云亭上的觉苑寺就废于兵火，如今只剩几尊烧焦了的佛像。世道虽乱，可杀了人，不论逃到哪里，我也要把他缉捕归案。一个月前，黔阳府，就是我所在的衙门管辖之地出了一桩命案，犯案的人叫张守一，一气儿杀了德兴当铺的四个伙计，盗了财物，往湘地逃了过去。我们一帮捕快衙役，领了命，拿了通联的文书和贼人的画像，分头沿路访问缉拿。

亭子下就是过湘地去的码头，卖鱼的妇女把几尾新打上的鱼放在水桶里叫卖，各色的人站在码头候船。船来了，一伙人见我穿着差服，携了佩刀，也不与我争，请我先上了船。见我上了船，后面的人便一起拥了进来。船夫见人满了，张了帆，船就离了岸，在水上行驶下去。

"官爷，"一个精瘦的人傍我坐下来，"这位官爷我瞧着面熟，咱们好像在哪儿会过照面。"他挠了一下鼻子，皱着眉毛，"一定是在哪见过，面熟，可怎么就记不起了呢？"我冷着眼，瞧了一眼他，面生，就冷冷回一句："怕是记错人了吧。"

他笑一下，突然想起了什么，鼓了眼看着我，额头渐渐发了冷汗，抖着声问我："您这是要去缉拿在你们县府犯了命案的张守一？"

我吓一跳，又静下来，想，我一路访问，有人知道我的消息行踪倒也不怎么奇怪，就说："是了，这人在我们那犯了重案。"

他扇了自己一个耳光，又拧了一把脸，说："不是梦、不是梦，怪得很、怪得很，说出来你也不信。"

我说："不妨说说。"

他神色凝重，说："昨夜头我做了一场梦，"他指着河的下游，"梦里头天色很晚了，我去下游办事，要找一家客栈歇息，没走几步，就见到一个客栈挂着'南梦客栈'的牌子，我就进去投宿，没隔多久就在这客栈里碰见了官爷。"

他用手掌掩了嘴,细声说:"您要缉拿的贼人张守一就藏在这客栈。"我来了兴趣,说:"哦——那你说说看,这贼人是跑了还是被我给逮了?"

他呆着,冷笑一下,说:"不吉利、不吉利,可这梦也怪得很,我也不妨直言告诉你,官爷,在梦里头您同他打斗起来,哎!"

我想世间哪有这等怪事,这人定是认得我,编得这个把戏,要唬一唬我,我不屑起来,说:"那贼人把我给结果了不是?"

他冷下脸,叹一口气,什么话也不说。船到了文昌码头,他起了身,挎了包袱,抱了拳,同我告别,说:"官爷,我就在这下船了,您一路多加保重。"

我也行了礼数,抱了拳,说:"走好,后会有期。"

码头有卖烧饼的,我的肚子有些饿,出了船,拿了几张,边啃边进船,船夫见人上下得都齐了,又张了帆,嘴里大声一吆喝:"都坐稳了咧,下站可就是湖湘之地的辰州码头!"

船到辰州时,天色已黑,我邻近找了家旅馆,正要进店,一抬头,虽然灯火微阑,头上那块大匾上几个朱漆的大字却见得分明:

南梦客栈

身子忽而像被一道冷风刮了一下，想起船上那人讲的话，犹疑起来，想那人必定藏着古怪，说不定他就知晓那贼人的行踪，故意编了故事，报了与我，自己小心便是。

我进了店，老板正埋头写着账单，我说投宿，他见了我，客气招呼起来，脸上觍着笑，问我要住什么样的房间。我散着眼四处打量，说："老板，你这店名可取得别致。"

他笑着，说："先前这店生意不景气，后来有位投宿的客人，说要把这名字改改，又称自己懂得什么命理之术，我想改改就改改，这一改生意果真就不同往常，那匾上的字也是他给题的，说取古书上的'南柯一梦'。"

我要了几个菜，独自斟酒坐着吃，没过多久，一只包袱放在了我的眼前，坐下一个人来，精瘦的脸，我的手抖了一下，杯中的酒洒了一些在桌子上。不错，眼前坐着的这人就是我在船上遇着的那人。他完全不认识我一般，笑呵呵说："这位官爷，我坐这不碍你吃酒吧？"

我慢慢放下酒杯，说："不碍事。"

我稳住了手，倒了一杯酒，使劲捏着酒杯往嘴里一浇，立马把手停在桌子上，又瞧着他，他的眼睛里毫无疑色，他发觉了我正瞧他，就冲我一笑，又背过身去，叫了两个菜。

我试探着说："你既然来辰州，又何必半路在文昌码头下船。"

他怪起来，说："官爷您认识我？我可不是在文昌码头下的船，是在那上的船。官爷您也是今儿个搭那趟船过来的？那船一天就一趟，怎么没在船上见过您呢？"

我是分明见他走远了的，无论如何也不可能我前脚刚到这里他便后脚跟上来，一切都显得古怪骇人。便在这时，四五个官差从客栈外冲了进来，拔了刀，冲着末座一个低头吃酒的人，喝了一声："要犯张守一，束手就擒，跟我们老实回衙门，不然就卸了你的手脚抬你过去。"

我努了眼看过去，只见他抬了头，不急不慢喝了一口酒，似笑非笑地咧了嘴。这张脸，正是我日夜盼着要缉拿归案的贼人张守，我正要拔刀，忽而又想到眼前坐着的这个人，好似他站了起来，附在我耳朵，低声怪气地说："您要缉拿的贼人张守一就藏在南梦客栈，您同他打斗起来，哎——

"被他给结果了。"

我惊出一身冷汗，回了神，再一看，他已随店里的客人溜了出去，店里只剩下几位官差同那贼人在打斗。我摸着刀，好像自己走向了宿命之死，我恐惧地呆坐着，我想凭自己的本事能耐，未必就不是那贼人的对手，只是我的手如磁石一样贴着刀柄，没有勇气动弹。

只听惨叫一声一声灌进我的耳朵，没多久几位官差兄弟便都倒了下去，我依旧怔怔呆坐着吃酒，那贼人收了刀，从我面前走过，停下来，冷着眼瞧我，我饮了一口酒，他就大踏步地走出了客栈。

突然一匹马嘶叫了一声，我从梦中惊醒过来，睁了眼，雨已经住了，我躺靠在桥云亭里，挣起身子，望一眼身后焚毁的觉苑寺，在烧得焦黑的佛像面前，解下差衣佩刀，叹一口气，换了平常衣服，用布缠裹了佩刀，挑了包袱下了桥云亭。

二

离开桥云亭，下到码头，天已发黑，我邻近找了家客栈歇息。次日醒来，穿上衣服，洗了脸就搭船过辰州去。船到辰州，下船没走多远就是市集，只听卖菜的叫嚷："新摘的萝卜，活的。"

我蹲下来，握起一颗，问他："活的？"

卖菜的说："买回去，种在地里，包管还能发叶生根。

眼　戒

你说要是这萝卜死了,还能生叶发根吗?"

我挑了一颗,拧了叶,拿出身上的刀,削了皮,边走边吃。街上人行马走,挑的背的晃来荡去,人群中不知谁发一声喊:"官爷,留步!"

我含着块儿萝卜,转了身,只见一个相面的术士向我摇手。我跨步走到术士的摊位前,指着自己说:"叫我?"

术士说:"你不就是官差?"

我萝卜也不吃了,线了眼,又圆开,问:"你怎知我是官差?"

术士说:"闻的。"

我就嗅起自己的肩膀。

术士说:"褡裢剩银十二两七钱,趁着天还没黑,去那酒楼把它们都花个干净吧。"

我摸起自己的褡裢,硬硬的,说:"舍不得,钱不好挣。"

术士说:"今晚一过,有钱你也没命花了。"

我来了气:"咒我死?"

术士不说话,捏出一面铜镜,递给我:"是生是死,自己照照看。"

我接过铜镜,冰凉的,凑着自己一照,镜中显出一颗白骨头,惊出我一身冷汗,便将铜镜丢在桌上,说:"你这是什么妖镜,要蛊我一个差人!"

术士鼻子冲出冷气,说:"我蛊你?你拿着镜子去照照别人看。"

我抖着手,捏起铜镜,凑着卖白菜的一照,人脸;斜对着卖猪肉的一照,人脸;一只狗挺着尾巴舔地上的猪头血,探下去一照,狗脸;又眯眼照了自己,白骨。

我软腿拖着走到相面的摊前,气也弱了许多,说:"救我——"

术士说:"我既然叫住了你,自然就会救你。树上的叶子,任它枝叶繁茂,也绝长不出两片相同的来,人也是这个道理,可如果真长出来了,那也只能去一留一,不是你亡,就是他死。"

术士叹一口气,又说:"该着是你命好,遇着了我,逆了乾坤,它还是乾坤,罢了。日头落了山,南城门外十里之地,有一座客栈,叫南梦客栈,在那里有个和你一模一样的人,今晚也会去那投宿。"

南梦客栈!料想不到辰州还当真有这么一家客栈。

术士手掌突然横在脖子前,眼里放出凶光:"子时之前,你要杀掉他,换了衣服床位,蒙骗掉鬼卒,从此你就是他,他就是你,改头换面,妻儿父母,再不可相见,切记!"

眼　戒

我听了术士的话，买了一顶帽子、一条围巾，又去河边对着溪水，将水中自己的倒影认记了半天。帽子低低戴了，围巾围了几圈，走到南城门外十里之地，果然见到一座客栈，匾额上几个朱漆的大字：

南梦客栈

走进客栈，我寻了个墙角的位置坐下，炒了几样野味，要了一碟花生米、一壶酒，边吃边看着店里进出的客人。酒不敢多吃，怕花了眼，只将花生米一颗颗喂进嘴里。碟子里剩下十来颗，客栈外走进一个人，我定了眼一看，分明就是溪水中自己的那张脸。那人登记完房间，我走过去，掌柜的摊出账簿，我指着墨迹未干的名字说："他隔壁的房还有吗？"

掌柜的翻了两页，说："右边一间空着。"

"就那间。"

掌柜执笔，问："名字？"

我想起术士的话，"从此他就是你，你就是他"，我说："自然是写我自己的名字！"

掌柜的抬起头，怪眼看着我，说："我是问你叫什么名字！"

戌时过了，我见他上了楼，便也跟着上去。两房隔着木壁板，透过缝隙，我觑着眼睛往隔壁看，只见他在油灯下翻着一本书看。我想，他要是不睡可就难动手了，又想，若睡了闩了门，可就更不好动手了。

到了亥时，我心慌起来，终于狠下心来，去楼下找伙计要了一壶酒，几样菜，端着走到他房间门口。

我敲了两下门，张耳细听，里面没有动静，又敲两下，只听门"吱呀"一声响，露出一个脑袋。

我说："掌柜的请吃夜宵，见你灯没熄，就让我端了送上来。"

他听了，笑起来："掌柜的倒爽气，好，就放桌上吧。"

我走进房间，将酒菜在桌上摆放好了，他坐下去，放了书，正捏了筷子要夹菜吃，我硬了手，跳过去，将他摁倒在地上，鼓足了劲，死死扼住他的脖子，他动弹着，胡乱划着手，刮去了我的帽子围巾，见到我的脸，突然僵住了手脚，也不挣扎，只是死死盯着我看，眼里满是惧色，哑了喉咙问我："你是谁？"

我嘴巴附在他耳边，怪笑一下，压低了声音说："我是你。"

他的喉咙胀起来，鼓着眼睛，要说什么，但已经发

眼　戒

不出声，没过多久他的身子就软了下去。我除了他的衣服，又将自己的衣服、帽子和围巾套在他身上。换上他的衣服，将他扶进自己的房间，又将酒菜端了过来往桌上摆了，自己则去了隔壁房间睡。

快到子时，我拥了被子躺在床上，只听见床下一阵"唧唧"响动声。两只老鼠溜出来，烛光昏黄下，一只黑毛老鼠说："时辰快到了，不知他死了没有。"

另一只白毛老鼠说："生死簿上写得清楚明白，你几时见过有错的？"

黑毛老鼠说："好好的一个人，说死就死，怪得很。"

白毛老鼠说："管他怎么死，咱们干咱们的差事就是，走吧。"

两只老鼠沿着壁板爬过去，溜进了隔壁的房间。我下了床，尖脚走到缝隙处，竖起耳朵，觑眼往隔壁看，只见桌上的油灯亮起，两只老鼠幻化成两个鬼卒，扯去他的围巾，一个鬼卒说："他就是大盗张守一吗？"

另一个比着怀中摸出的画像，说："是他，错不了。"

鬼卒说完，油灯熄了下去，两声唧唧声响过后，便什么也听不到了。

我静卧在床上，翻来覆去睡不着，想起鬼卒的话："他就是大盗张守一吗？"这话使我惶惑不安，我翻出随身带着的通缉画像，借着灯火一看，那画上的张守一居然长着和我一般的脸面。

我呆愣地举着蜡烛，呢喃着："我是谁？"

一滴烛油滴在我的手上，灼得肌肤焦痛，我从桌上支起身子，桌上的蜡烛已经燃至大半。又是梦，我吹了火，倒在床上，拥了被子，沉沉睡去。

## 三

我决心坐船去辰州探一探贼人张守一的消息。船上辰州河，鱼由水面裂出，几个人趴在船尾，用网筶鱼。也该着是我运气好，那时节一阵凉风吹进船舱，刮在我脸上，耳边隐隐响起一个人的说话声："人为了混口饭吃，真是什么话都诌得出。这两年来，年成很坏，要来我们寺里出家的人可不少，尽是些四体不勤，五谷不分的，以为诵诵经、敲敲木鱼就能填饱肚子，我那小庙，可纳不下这些人，自然是将他们一个个撵走。前几天，我们寺里又来了一个人，说什么自己杀了当铺的四个伙计，悔恨不已，请我给他削发剃度。"

我睁开眼，只见一个老和尚抱着包袱坐在船中，他不屑似的继续说道："什么杀当铺伙计的，放火烧东家谷仓的，卖自己子女的，我说这些人，要是真干了这些事，出个家念个经就顶用？死后照样还是要下地狱的。别的人吃了闭门羹就走了，那个说自己杀了当铺伙计的，他倒好，赖在我那里不走了。"

老和尚伸出三根手指，说："足足饿了三天！他是铁了心不走的了，烦得很，我一个出家人，慈悲心肠，总不能让他饿死在我庙里，就端碗斋饭到他面前，说，吃了斋饭你就走。他倒好，吃了斋饭，仍旧像箆树桩似的盘腿坐那儿。"

不远处有一座小洲，洲上有一座七级浮屠白塔，塔顶长着一棵小树。日光斜照，塔身泛着瓷器的白光，老和尚指着白塔说："那就是我在的寺庙，大伙有空常来烧香。"说完就站起来，挎了包袱，对着船家喊一声："船家，鹤鸣寺下船。"

船泊在小洲边，老和尚跳下船，我也跟着钻出船舱，跳到湿软的洲边。老和尚没走出几步，回了头，见到我，不耐烦地问："烧香？"

"不是。"

"不是就赶紧走，趁船没走远，喊两声船家兴许还能听到。"

我说："那个说自己杀了当铺四个伙计的人可还在你

这里?"

老和尚说:"在。"

我说:"我有一个法子,可以撵走他。"

老和尚来了精神,眼睛亮起来,说:"不妨说说。"

我咧嘴一笑,说:"你给我剃个光头,换上僧衣,待会儿再把他叫到大殿里,由咱俩给他主持剃度。"

老和尚铁青着脸,说:"好呀——原来你也是要在我这剃度出家混饭吃!"

我解开黑布缠裹着的佩刀,又拿出通缉文书,指着上面的画像,说:"这个人叫张守一,在我管辖的黔阳府,他竟然一气儿杀了四个当铺伙计,你看清楚些,是不是他?"

老和尚摸着下巴,一会儿说像,又摇摇头,说不像,我只得让老和尚带我去窥觑一番。没错,透过细缝,盘腿坐着的那个人正是我日思夜想要将他缉捕归案的贼人张守一,我要让他在佛祖面前将他的罪过一一陈述。

在河边,老和尚右手捏着剃刀,在我的头上来回荡着。我看着水中自己的脑袋,头发慢慢少,直到最后变成一个光头。我掬一捧水,浇在头上,洗濯头上的污浊。我换上僧衣,并步和老和尚走到大殿,张守一已经跪在佛像下的蒲团上。我们站在张守一身后,老和尚说:"剃度落

眼 戒

发前,将你的罪过在佛祖面前一一说了吧,不得隐瞒,乞得佛祖的原谅吧。"

大殿寂静得可怕,几尊菩萨雕像立在四角,面目狰狞,一个男人的哭声幽幽从佛像下飘出来,隔了许久,他说起话来,声音在大殿里荡来荡去。

"一个月前,也就是上月的初二,那天我从外面回来,妻子像往常一样备好了晚饭,她只吃了几口,就停了筷子。她的眼色很怪,我便问她出了什么事,她不说话,在我的追问下,她终于呜咽起来吐露了实情。那天中午,一个陌生男人潜到我家,将我妻子奸污了!自己的妻子遭人奸污,这对男人来说,是一种怎样的耻辱!然而我深爱着自己的妻子,我决不能因为这样的事就嫌弃她。我心里的怒火开始焚烧,为了妻子,也为了我自己,我发誓一定要将他找出。"

一声无奈的苦笑,张守一又继续说起来:"可是,佛祖,我不明白,我到现在都没法明白。"张守一趴下去,又直起背来,继续说道:"我没法明白我的妻子,我不明白为什么她会那样做。是的,通过那个男人遗下的蛛丝马迹——是一张当票的底单,我很快就找到了他,德兴当铺的一个伙计,一个非常瘦弱的人,像一只病恹恹的猴子。在我杀他前,他告诉我说,我的妻子从头到尾一丝反抗挣扎都没有，也没发出一声呼叫，只要她叫喊一声，他说他就会逃走。

"那个伙计没有威胁我的妻子，我妻子当时的恐惧也不是来自他。那个伙计说，'她当时虽然很害怕，可我知道她不是怕我。'

"伙计的这番话，让我觉得他是在故意羞辱我，使我遭受了更大的耻辱，我气不过，就一气儿把其余三个毫不相关的伙计也给杀了。

"杀了他们，我以为我的怒火就会熄灭，是的，怒火熄了，但我却更悲痛、迷惑。杀完伙计，我回到家，就质问起我的妻子，问她为何不反抗，是的，妻子绝望似的回答，一切都像那个伙计说得那样！

"我杀了我的妻子！这一切都像一场噩梦。

"佛祖，告诉我，我还在我的梦里，这些都不是真的，都只是梦。"

张守一有些痴癫起来，老和尚说："罢了，剃了度，过去的一切都是梦幻泡影。"

我捏了剃刀，沉着步子，由他背后走上前，一步一脚，到了这个贼人的身后，拨正了他的脑袋，剃刀的利刃迅疾地从他脖子上狠劲划过。

不知谁踢了一下我的脚，我睁开眼睛，大伙肩擦肩往舱外涌。我摸了一把头，软软的头发还在。

船已到辰州，我下了码头，随便进了家馆子，要了一大碗猪脚粉。旁边的一桌人怪看我几眼，又缩回去，交头接耳地议论着什么，接着他们就走了出去，桌上的酒菜还剩下大半。没过多久，我正吃着粉，被几个人叉了手脚，摁在桌上，只听一人大声喊道："张守一！"

我说："你们这是做什么？"

那几个人也不多话，将我五花大绑，押到了县衙的公堂。我跪着，知县拍了惊堂木，说："张守一，想不到你还敢逃回辰州。"

我莫名其妙，说："大人，小的怎会是张守一，我是黔阳府的捕头，这次奉命出来缉捕张守一。"

知县及大厅的衙役面面相觑，知县说："你什么时候又跑到黔阳府做捕头了？这里面都是你昔日共事的同事，怎么你一个月就将我们忘得干净了吗？"

我放眼扫过去，没一个认识的。知县说："张守一，你为何要杀掉本县德兴当铺的四个伙计，更为何要杀掉自己的妻子？你放着本县的捕头不好好做，干出这些事来，咱这衙门的名声都教你败臭了。"

德兴当铺明明在黔阳，贼人张守一又什么时候做过捕快？我说："小的可不是张守一，你们没本事抓他，倒把我锁在这里,这是要栽赃嫁祸吗?"

那知县咧嘴一笑,说:"你不是张守一,那你告诉我,你是谁?"

我说:"我不是说过了吗?我是黔阳府的捕头。"

"叫什么名字?"

刹那间,我竟然无法说出自己的名字,那么这会儿自己定然是在梦中了,在梦里,有时候我连自己是谁都不知道。我长吁一口气,这贼人张守一,为了将他缉捕归案,我不知发了多少噩梦。

为了早点结束这场梦,我承认了他们设在我头上的一切罪名。直到临刑的前一刻,刑台下密密麻麻的人群,就像铺天盖地的乌鸦朝我飞来,我突然感受到了这场梦的恐惧——这可能并不是一场梦。

## 补 遗

"好大的雪!"掌柜的站在客栈外,望着漫天弥漫的大雪。

"是啊,雪不化,怕是没人来住店的。"厨子将手拢在袖子里,应了掌柜这么一句。

前边一片白,有几粒黑点隐现,掌柜笑起来,说:

"来客了,你瞧。"

厨子伸长脖子看,说:"得,有客就好,我一天不下锅,这十指就跟冰做的一样,僵冷僵冷。"

掌柜吩咐说:"你去烧壶热茶,我在这里候着。"

厨子甩出手,活动起手指,进厨房劈柴烧水。

一行客人走得近,五匹马,前二后三,当中牵了两个赤脚的革命党。领头的官差见到客栈的招牌,几个朱漆的大字:

南梦客栈

掌柜将手一拱,说:"几位差爷,里面坐,天寒地冻的,先来壶热茶暖暖身子。"

领头的勒住马,马哈着热气,又抖几下脑袋。他跳下马,其余的也跟着跳下来,解了牵着犯人的绳索,拴了马,押着两个重犯进入客栈。

七人围着一张八仙桌坐下,掌柜的拎了壶茶来,说:"这二位怎么招待?"

领头的冷冷说:"这二位,咱几个吃什么,喝什么,他俩也吃什么,喝什么。"

"行,有您这句话我也就好安排。"

掌柜将七只茶杯排在桌上，依次沏了。杯中一股热气还没散开，几个人已经捏在手中，试探地抿起来。

年岁最小的一个官差脸色有些死，捏着茶杯，怔在那儿。旁边的一个官差看了他一眼，问："怎么了？"

他还陷在问路的恐惧之中。半个时辰前，他们进入湘地，马在积雪的山道中行走，不见村不见店的，又冷又饿，转过一道弯，一棵树下立着一个人影，领头的便要他下马去问路。

他下了马，朝人影走去，见着人影的背便喊起来："兄弟，附近哪里有客栈吗？"

那人呆站着，默不出声。他走过去，大着声音又问了一遍，那人依然呆站着，默不出声。他走到那人面前，吓了一跳，只见一张毫无血色的脸，闭着眼睛，分明就是一张死人的脸。他差点跌倒在地，一路跑回去，快到马队跟前时，慢下步子，稳住气，领头的问他："他说哪儿有店没有？"

"说了，在前边，他说。"

一行人就顺道往前走。

几个人在客栈吃完一杯茶，门外响起一阵敲门声，掌柜的开了门，走进三个人，一人穿素衣，另两人穿着差服。

眼　戒

领头的见到穿素衣的人，忙站起来，施了一个礼，说："原来是庄大人，失礼了。"

庄有恭还了礼，说："别再叫我庄大人了，我这个江苏巡抚如今已是个被革职贬谪的罪人。"

领头的问："这是怎么一回事？"

庄有恭叹一口气，说："几年前我按试松江，一个疯子拦下我的马车，跪着说写了一本书，要我看，我见他可怜，就要了书，胡乱翻了几页，满纸胡言，也就没在意，胡乱将它丢了。不料此人一月前又将此书投往曲阜孔府，书中的大逆不道之言被人奏告给了圣上，连我也被牵连了进去。"

领头的宽慰说："原来如此，大人只是贬谪，凭大人的本事能耐，日后定会重受重用的。"

庄有恭一笑，看着坐着的两个罪犯，问："这两个犯了什么罪？"

领头的说："革命党。"

庄有恭"哦"了一声，低了头，只见两个革命党赤着红肿的脚。

领头的也叹起气来，说："只怪兄弟几个混得不好，这一件棘手的差事才落在我们身上，上头要他们赤脚走回原籍问斩，若走不回原籍，半路死了，砍头的就该是我们几个了。"

庄有恭来了气,说:"真是荒唐,这大雪封天的,别说是人,就是马,怕也能冻死几匹。"

几个人闷着叹息。

庄有恭三人坐下来,掌柜的前来招呼,问要吃些什么。

"你那厨子会做什么菜?做他拿手的。"

掌柜进到厨房,悄声对厨子说:"几位都是吃皇粮的,咱们得罪不起,里面有一位,还是前任江苏巡抚,你要多费点心。"

那厨子将两块水豆腐放在盛有水的盆中,捞了些吐尽泥水的泥鳅放到里面,拈起几指盐,细细撒在盆中,只见根根泥鳅死命往豆腐里钻,不多时盆中的泥鳅就都钻进了豆腐里。他将豆腐切成小块,泥鳅绝不滑出,身子断在豆腐块里。锅中热起油,将豆腐放入热油中四面煎至金黄。

这一道菜做好后,掌柜的端出去,摆在两桌客人面前,庄有恭夹了一块,轻轻咬了一口,停下筷子,自语说:"这一道菜,我好像在哪里吃过,是在哪里呢?"

他凝神想了半天,怕忆起旧事感伤,也就不再想,用筷子夹起来大口吃。

眼　戒

两个犯人手脚早已冻得僵木，筷子也捏不起。领头的让掌柜在火坑生起大堆的火，扶着他俩坐到火边烤。

大火红旺，烤了一阵，官差正要扶他俩起来，二人却坐着不动。于是两个官差架住犯人的胳膊，费力一提，只见他们盘腿悬在半空，还是坐着的样子。

领头的见了，说坏了，赶忙走过去，探了脉搏鼻息，长吁一口气，说："放下吧，死了。"

"死了？"几个官差呆着，不知如何是好。

此时客栈的门"吱呀"一声响，走进两个人来。那最小的官差见到后面跟着的人，"啊"地叫了一声，那人就是他问路所见的死人，指着说："那是个死人！"

大伙听他这么一说，就都往那人那里看，只见他僵直地靠门站着，一脸死色。走在前头的人冲大伙一笑，寻了一张桌子坐下来。

掌柜的给他沏了茶，领头的官差招手示意他过去。他走过去，领头的嘴巴附在他耳边，细声问："那人是做什么的？"

"赶尸的。"掌柜说。

"哦——"

领头的双手扶在膝盖上，笑起来，对着其他四个官差说："咱们算是有救了。上头要咱们押的那两个革命党，只说要他们自己走回原籍，可没说非得活着走回原籍。"

大雪停住了，赶尸的引着三个死人，五位官差骑马殿后，跌跌撞撞地在雪地里艰难走着。

# 朱门晚宴

## 晚　宴

我在河堤上丢石子,细密的波纹一圈圈荡了开来。我看到了父亲的船队,帆布在风里鼓荡。大人们裸露着黑得发油的身子,停稳了船,一个个垂着脑袋从板桥上走了下来。他们在河堤上坐着,吸着草烟,抬头望望天,又去掸掸烟灰。有人提了酒来,发了碗,一碗碗斟着。我踩着自己的影子走着,直到眼前出现一大片人影才停下来。父亲蹲在大石头上喝酒,我眯着眼睛看着父亲手里的白瓷碗,他摸摸我的脑袋,把碗递在我的嘴巴前,我捧着碗,咂了一小口酒。

我说:"火在我的肚子里烧。"

父亲笑了笑,可是又低下头,喝起酒来。

"又没抓到鱼?"我问父亲。

"船不能开得再远了。"父亲说。

晚饭是长在水里的野芹菜和空心菜,已经好些日子没吃到新鲜鱼了。母亲说,也许我们可以去地里种种庄稼,可就像爷爷说的那样,我们没有土地,我们也离不开河。爷爷死了之后,父亲开船东行二十里水路,每行一里,就掬一捧骨灰撒进河里。爷爷的骨灰沉进水里,有的漂向远方,有的和泥沙混在一起,水里游动的鱼儿说不定也吃了一些。

小芹家的船总是孤零零地停在一处。她用水草在钓螃蟹,旁边的竹篓子里有两只螃蟹张着爪子,想从里面爬出来。

"你要抓螃蟹吃吗?"我也拿了根水草在钓。

"又吃不到鱼。"

"你抓到了还不是要叫你妈妈弄,桂书说你连火都不会燃。"

"你才不会燃火,我自己会做,我妈妈都说我做的螃蟹比她炒的空心菜好吃。"

"你妈妈?你妈妈又不会捕鱼。"

小芹突然站起来,鼓着眼,说:"别以为你有爸爸就了不起!"

只有男人才可以出去捕鱼,父亲告诉我,再过几年,等我的手臂有了劲儿，就可以撒网收网。我总是梦见自己拉了一网鱼，银白色的鱼密密麻麻地在网里跳跃。小芹的母亲总是窝在船里，一年也见不到她出几回船。她病恹恹的样子，站在船头叫唤小芹。

船队开得更远了，父亲清晨随船队出去，到了晚上，女人们举着火把站在堤岸，远方闪出一点火光，我们就张着耳朵听，我母亲拉拉我的衣角："我耳朵有点聋，你们小孩子耳朵清脆，听听看有号子声吗？"船队如果抓到很多鱼，大人们就会在船上唱着欢快的号子，而现在我几乎忘掉大人们的号子声是怎么吆喝了。"没有。"我告诉母亲。

"隔得太远了，你等下再听听。"

我几乎看得清船上举着火把的人了，大人们非常沮丧地下了船，各家的女人拥上前去问。

"我们捕得也不勤，前阵了一网都能捞上几百条，现在就几只螃蟹在网子里爬。"

"河水也没变坏，天气又是正暖和的季节。"

大人们说着，即便村里最有经验的老手也不知道鱼群为什么会突然消失。

第二天开始，大人们再没出船，只是每天派一艘小船出去寻找鱼的踪迹。父亲有次很晚才回来，他告诉母亲，再过几天船队就会出去捕鱼，不用开很远就会捕到。母亲听了并不高兴，父亲也是。我却很兴奋，"鱼，"我说，"爸爸你要带我去，你看我的手。"

我捋起袖子，手臂鼓足了劲，父亲捏捏，说："好，我带你去，你妈也会跟我们一起上船。"

小芹坐在堤岸上望着河的下游，她说："你去过下游吗？"

"没有。"

"我也没有。我跟你说，"她说，"我就要嫁到下游的一户人家去了。"

"你们女孩子总是要嫁的，我跟你说，我爸爸答应带我出去捕鱼了。"

"可是哪里有鱼呢？"

"我爸爸说有就有，我快要成大人了。"

小芹在铜镜前坐着，全村的人都挤在祠堂里。二婶在替她描着眉毛，又给她盘了一个发髻，插了一根银钗。我从人群里溜到小芹身边，说："你真漂亮。"

她站起来，瞧着身上那套红色的衣服，说："好长，都快踩到脚了。"

二婶叫开了我，引着小芹走到祠堂当中，在一幅画着鱼王的布像前跪下，又站起来，作起揖。

晚宴就要开始了,煮烂了的干鱼一条条端上了桌。流水席撤了过后,吹鼓手吹打起乐器,唢呐吹得我心里发软。小芹走进了轿子,几个男人抬着她,到了河边,抬上了一艘船。大伙举着火把站在岸边,船上挂起了露着粉红色火光的灯笼,慢悠悠地向下游漂了去。

我终于可以随父亲出船捕鱼了,可是母亲并没有去,村子里的女人都没去。一艘艘船一字跟着,浩浩荡荡驶向了下游,大人们在船上唱着号子,他们对于今天的捕猎充满了期待。一网撒进去,我也拉了一角,轻轻地就将渔网拉了起来,可是里面什么也没有。天快黑了,空网早就把大人们拉得疲乏,他们瘫坐在船上,最末的一艘渔船听到了号令,扬起帆逆流向上驶了去。女人们在堤岸上燃起了大堆的篝火,她们没有听到胜利的号子声,一个个死了似的围坐在火边。小芹的母亲愤怒地把预先准备好的一坛酒倒在火上,火势迅速变大变高,差点烧着了她的头发。火光照在她的眼里,红得发白,她哭着叫起来:"你们都欺侮我没有男人!"

"你们拉了一船船鱼回来了!"

"明天都扛锄头种田去!"

她对着河叫了一声:"小芹!"

"喂了鱼王,吐出来就是一船船逮不完的鱼。"一个大人的声音从人群中发了出来。

小芹的母亲不再哭了,她回到了自己的小船,连灯也不点。七月,鱼成群回到了河里,大人们运着满船的鱼,吼叫的号子像唢呐声一样悲怆地在河上响了起来,女人们也聚在篝火旁烤起鱼、喝起酒。父亲将一条烧好的鱼递给我,郑重地告诉我说:"你已经长大了,过两天跟我们去捕鱼。"

可是我对捕鱼再也没兴趣了,舅舅从麻浦搭船到了我家,我决心去跟舅舅做一个木匠,父亲并不反对。

## 朱 门

到了六月,我随舅舅去临河的一家小旅馆取先前寄放着的木匠行头。一个脂粉施得很重的女人托着我们的墨斗,她用一根细细的手指蘸了点墨汁,抵在鼻子前嗅着。舅舅用麻绳系紧了行头,女人倚在一扇桐油刷得发亮的木门上,她摇着墨斗的把手,收了墨线,懒洋洋地说:"下回过来给我制把精巧的椅子。"

舅舅笑了笑,取过她正在玩弄着的墨斗,递给了我,自己肩了行头。

天气变热了,我剪掉了一件穿得破旧的衣服的长袖,露出结实的臂膀。船停在太常码头,船夫端了大碗的面边吃边招呼我们上船。我们进了船,放置好行李,在舱末坐着。舅舅展开了粽叶裹着的烧腊肉,用小刀割了几块,嘱我吃一点,自己掂了一块丢进嘴里。他拔开一个小干葫芦制成的酒壶的木塞,抿了一小口酒。凉风吹进船舱,舅舅望着河对岸的人家,瞿家老爷的宅子就在对岸的最高处。我们给瞿老爷打制了几把躺椅,新娘子昨晚还在上面坐过。

"舅舅,"我说,"瞿老爷子儿子的新娘子年轻得很。"

"比你大不了两岁。"舅舅说。

"人这辈子总是要揭揭女人头上盖着的红头布的。"舅舅从红纸封里取出瞿老爷给的工钱,数了数,又说,"你的那份舅舅给你攒着,日后娶个水灵的媳妇。"

船到麻浦了,这是舅舅每年六月都会回来一次的地方。麻浦的人大部分都姓朱,但卖肉的屠户老铁就不姓朱。我们把行头搁置在老铁的铺子里,在竹椅上坐着。老铁用屠刀斩了一片猪里脊肉,穿了一刀,用粽叶系了,又取出一副小肠,提了给舅舅。老铁说:"斩肉在我面前你是个外行,烧菜我可比不得你,屋子里还有几斤米酒,肉就大块炒了吃。"

他用刀又切了两块猪肝,递在我面前,说:"小师傅,抹些盐烧了跟你师傅吃。"

我接了猪肝就去厨房生火，舅舅大概是听见了柴火烧裂的声音，说："夹个火子出来。"

舅舅把旱烟管的铜嘴在桌腿上敲了敲，落了一些烟灰在地上，吹了吹，填了从太常新买的烟叶子，用火子点燃了抽。

"老铁，"舅舅说着俯身从麻布袋里取出了一包太常买的烟叶，"给你也捎了一斤，有工夫就切成烟丝包了吃。"

老铁双手在围布上擦了擦，撕一片烟叶，卷了就吃。"哪有那闲工夫，喏，"他晃了晃手上的烟，"这样子省事又带劲。"

舅舅和老铁抽着烟，我咬着烧好的猪肝，锣鼓声渐渐密实了起来，又有哪家人开办喜宴了。

"这锣鼓唢呐已经响了三天了，说是排场，我看是要冲喜。"

舅舅掸了掸烟灰，铺子外的街道很多人川流走动。

"哪家人办喜事？"

"还能有谁，朱家大老爷，要老来得子，我看他上辈子积的福欠了些，快六十了，这辈子就生个女儿，这女儿生来就是个短命鬼，闷声不响就走了，听说身子就葬在朱家那片芭蕉园里。"

眼　戒

舅舅默然坐着，掸了掸烟灰，缓起身来，说："你先坐着，我去看看热闹。"

老铁说："走走也好，麻浦你一年才来那么一回，虽说你不是麻浦人，嗨，咱俩都算不得麻浦人，但也是在这里长大的，反正你这门手艺走南闯北，船上一坐，漂到哪里都能混碗饭吃，我就不行，这辈子看样子是要守着这间铺子，死了棺材板上都要被我这双手黏上猪油。"

朱家大门开着，门前栽着几株我叫不上名字的枯树，大门涂的漆料据舅舅说是辰州砂，道士画符才舍得用毛笔轻轻蘸上一笔。喜宴设在朱家大院里，桌子满满摆着，我试图数数有多少桌，但迂回的角落阻挡了我的视线。我说："这排场，比太常的瞿家还大。"

舅舅闭了闭眼睛，缓缓睁开来，说："这里头我也摆过酒宴。"

"什么？"

"没什么，走吧。"

舅舅怎么会在朱家摆过喜宴？我的外公家在蓝溪，何况听母亲说，舅舅还没揭过女人的红头布呢。舅舅已经三十五岁了，乡下的普通人到了舅舅的年岁是很难办喜宴了，但也说不定，舅舅做了这么多年的木匠，一定攒了不少钱，说不定哪天就用轿子抬个和我一样年岁的姑娘。

河绕着麻浦流着，过了六月我要和舅舅去别的地方了。我有一年没见过父亲母亲了，我甚至狠下心来，这辈子都不再回大仓乡，跟着舅舅走南闯北，我喜欢这样的日子，可是舅舅并不如我一样，每一次更换新的地界，他没有什么留恋和向往，不悲不喜，也许哪天舅舅累了，就会在一个地方安顿下来。舅舅告诉我，像我们这样的手艺人，一年要是能替大户人家制几件精巧的木器，这一年就算没有白过活。

我们寄住在老铁铺子后面的一家杂屋里，每天早上都能听到老铁将掮在肩上的屠宰过后的猪肉抛在案上的厚重闷响。六月将尽的一天早上，老铁被几个人用木板抬着，像抬着一只屠宰过后的猪一样进了铺子。老铁死了，那天早上他去一户人家杀猪，揪猪的时候，那只大肥猪气力威猛，后脚挣开了揪着它的手，在老铁的小腹上蹭了一脚。老铁捂着小腹，眉毛越锁越紧，蹲了下去，最后躺倒在了一片满是猪毛的地上。人不上六十岁是不会为自己预先准备棺材的，舅舅买了几块樟木，锯着，刨着，发了疯似的赶制老铁的棺材。

入殓时舅舅哭了，但他似乎又在笑，他跪在老铁的棺材前，说："入了土，这辈子都不会再离开麻浦了，想走都不成了。"

朱家大院的门紧闭着,门上的灯笼散出血红的光。明天就要离开麻浦了,舅舅抚摸着铜制的门环,轻轻在门上叩了叩,他把耳朵贴在门上,仿佛能听出大院里朱家人的谈话声。他带着我绕了一段院墙,到了一处地方停了下来,指着院墙里那几片高出来的芭蕉叶,说:"老铁说的话你还记得?"

"什么?"

"朱家死去的女儿葬在后院的芭蕉树下。"

我的眼睛发出光来,说:"真的?怎么把死人埋在自家院子?"

舅舅找来一根细长的竹竿,打落了一小片芭蕉叶,捡起来双手捧着,放在鼻子前闻着,他吸着鼻子,慢慢放下来。

"朱门,"舅舅说,"谁愿意一辈子当一个木匠,我给朱家做木器的时候,那个时候我还年轻,在朱家做了五八天,吃住都在朱家。六月的晚上,朱老爷叫我上房间吃西瓜消暑。就像做梦一样,我听到屏风后面有个女人在说话,声音很轻、很嫩。"

舅舅闭了会儿眼睛,接着说:"就好像做梦一样,朱老爷说,那是我的闺女,我要把她许给你,你看怎么样?我完全没有拒绝,我接受了,我觉得这就是我的命,我的命是属于朱门的，我做的梦也是属于朱门的。很快就办了酒宴，我连你母亲都没说。"

舅舅突然冷笑起来说："比起上次你见到的朱老爷子娶新娘的酒宴，排场小得可怜、小得可怕，只有朱家的几个人，锁着院门办酒宴。我喝了好多酒，我迷迷糊糊揭开了朱家小姐的红头布，那是我第一次见到朱家小姐。她的头发是白色的，她的脸也白得没有血色。她开口说了第一句话，就连声音都是苍老的，第一次躲在屏风后面说话的是她的一个丫鬟，那丫鬟在朱家说完了这么一句话，她就辞她出了朱门。这就是命，我接受了，没什么。不久她就死了，我知道她活不长久的。她死的时候说，她不想别人看到她死，就好像不想别人看到她生一样，不想别人看到她的棺材从朱家大院里抬出去。

"我们做木匠的，做棺材是再平常不过的事，那次我给朱家做了一副棺材，从这过后，我就再没做过棺材了，老铁死了，我给他也做了一副。"

舅舅抱着她放进了他亲手做的棺材，朱家人把她埋在种有芭蕉树的后院，似乎朱家也不需要舅舅这么个人了，给了些钱，舅舅就出了朱门，离开了麻浦，只在每年六月的时候回一趟麻浦，寄宿在老铁的铺子。老铁走了，我不知道明年的六月舅舅还会不会再回麻浦来。

眼　戒

# 童年旧事

## 喜　宴

他们老喜欢说:"明丘,你爸要给你找新妈妈了。"

"明丘,"爸爸说,"去岸上耍吧。"说完他从口袋里摸出一张毛票递给我。沈姨小心地踩着木板上了船,我看到她蹲下来,看着河水,拢了拢耳边的头发,又撸了下扎在脑袋后边的辫子,站起来,她看到我正走来,说:"明丘,你上哪去?"

我非常厌恶地看了一眼她的拖鞋,"去玩儿。"我说。

"别去了,我带了好吃的。"

"我爸让我去的。"

我故意把"爸"字说得响亮,"那你去玩吧。等下,"她从提着的袋子里抓出一把板栗塞进我小小的口袋,"风干的,很甜,我叫你爸给你留着。"

我"嗯"了一声,两手插在口袋,指头搅动着板栗,一步一步地踩着木板,然后小跳一下,身子稳稳地落在了码头的石阶上。我回头望了一眼我家的船,沈姨已经进了我家的船舱。

我踏着石阶走了几级,又转过身来,踏着石阶走下去,我打算走完一百节就不走。我在石阶的最高级坐下来,掏出一颗板栗,丢在嘴里,牙齿"咯嘣"一下,板栗的皮破了小小的一道口子,然后用拇指的指甲抠掉它的皮,喂进嘴里嚼起来。老王肩上搭着块皱巴巴的帕子,在河岸石板铺的小道上走着。

"喂!"

我喊了一声,老王站着就不走,我说:"我有板栗,好甜的。"

我拿了一颗出来,想了想,又拿出一颗来,捏在手里,扬着手。老王接过板栗,吃起来,说:"是挺甜的。"

"沈姨给我带的。"

老王笑起来,指着河上我家泊着的船说:"她又去你家了?她是给你老头带的。"

我有些生气,说:"我爸的就是我的。"

老王说:"沈姨是你老头的,可她就不是你的妈。"

眼　戒

我把整颗板栗含在嘴里，拿舌头滚来滚去，我不知道该说什么，老王取下肩上挂着的帕子，在脸上抹了把，他说："明丘，你爸要给你找新妈妈咯。"

他低下头，咧开嘴，露出一排生了锈的牙齿，臭气哈在我的鼻子前，轻声说："你爸在船上给你生娃娃咧。"

我非常生气，骂道："干你屁事！你把板栗还我！"

老王像我们小孩一样露着屁股在河里洗澡，他像条大鱼一样在河里笨拙地叉着手脚游动，我找了几颗石子，发了劲儿丢向他。真想砸到他的脑袋，看着他像一条死鱼一样翻着白肚皮从河水里浮出来。可是石子就像一颗水珠一样掉进了水里，没有发出一点声息。我有次梦见我的妈妈，她摇着篷船，我站在我家的船头急了，我说："妈妈你摇到这边来，你再摇近一点我就跳上来。"可船像水的漩涡一样，一圈圈地旋进了河里。

我吃完了板栗，老王上了岸，躲在柳树下用帕子抹自己的身子。太阳也快沉进河里去了，水面上浮着一层蛋黄色的光。老王走了，河面上飘起了几股炊烟，天气还是很热，我脱了裤子和衣服，我口袋还放着爸爸给我的一块钱，我怕别人偷，就把衣裤藏在草丛里。我光着身子站在岸上，河面静静的，我蹲下来看着河水，天上的云映照在水里，我看看水里云的样子，又抬起头来看看天上它们的样子。我仿佛懂得了妈妈说的那句话，她说："我们生活在水里，就跟生活在天上一样。"

我想我们这里的人，生前都生活在水里，死了就升上了云彩斑斓的天空。我有次做梦，大雨过后，云都一朵一朵地浮在天上，天上挂着一条五彩斑斓的梯子，垂在河岸上。

我站在水里，嘴巴沉在水里，眼睛跟水面齐在一根线上，一眼望过去，河面上细碎的光泽犹如千万条弹动跳跃的银鱼。我家的船就停在不远处，那里黑黢黢又明晃晃，我扎下脑袋，朝我家的船游过去。

我攀在我家船后舱凸起的木板上，我撑着身子让自己看得更高。我看到了爸爸光着屁股压在沈姨的身子上，她闭着眼睛，好像要哭了一样，搂着爸爸的肩膀。我把脑袋扎进水里，睁着眼睛在水里游动，河水呛着了我的眼睛，我真想变成一条鱼，游向下游，不，变成一条鱼，永远在水里游动，永远也不上岸，爸爸站在船上再怎么大声叫我，我也不答应，气泡都不会冒一个出来。

"明丘——"

爸爸站在船板上叫我，我没能像鱼一样躲避爸爸的声声叫唤，我呆滞地换上衣服，一步一步地走上船板，进了我家的船。饭菜是沈姨做的,我一眼就能分辨出来,它们端端正正地摆放在桌子上。沈姨夹了一片梅菜扣肉给我,我吃得极慢,一点都不觉饿。父亲很高兴的样子,又很悲伤,他喝着白酒,大口大口地喝着,沈姨也拿了碗斟着,抿着白瓷碗沿,突然仰了脖子,"咕咚"一声,喉咙里像有一条鱼游过,马上游进了肚子,爸爸并不像往常一样劝她少喝一些。爸爸的手仿佛长满了鱼的鳞甲,抹了一下眼睛,他的眼睛湿漉漉的,爸爸从来没哭过。沈姨捉过他的手,说:"没什么大不了的。"

我放下饭碗,我只吃了一浅碗饭,爸爸和沈姨都喝得有些醉了,我起身准备出去,爸爸并没问我上哪里去,沈姨也没要我再多吃些肉。我踩上船板,并没上岸,在甲板坐着,脚丫划着河水。沈姨从船舱里出来了,父亲并没像往常一样出来送她。沈姨摇摇晃晃地走着,我没有站起来让路的意思,她晃到我身边,又低下头来,整个大仓河都寂静无声,她说:"你是明丘吧?"

"我不是明丘。"我说。我的脚丫依然在水里来回划着。

"你爸爸喝醉了,你回船里看着他去吧。"

"你梦见过我妈妈吗?"

"明丘你说什么?"

我站起来，说："我以前老爱哭，我妈妈死了我就不怎么哭了。"

我很久都没哭了，我突然哭了起来，她用手擦着我的眼睛，说："往后想哭就哭，别憋着自己。"

"我老梦到我妈妈摇着船来看我，她的船老停在那儿。"

"哪儿？"

"就是那里。"

我手指着，她望着黑黢黢的河面，扬了手说："那里吗？"

"不是。"

我捉过她的手，引她指着，我闭上眼睛，仿佛真的看见妈妈的船停在那里。

没过多久父亲就和沈姨结婚了。喜宴开始的那天船连着船，大人们在船上放起鞭炮，摆起酒桌。他们肿胀着脖子红着脸，大口吃着酒菜，爸爸领着沈姨一圈圈儿敬着酒，我非常憎恶地看着她红红的脸，我一点儿都不怕她看到我。老王从厨房里走出来，端着一盘菜，嘻嘻笑着说："明丘，你爸爸给你找新妈妈了。"

我吸着鼻子，差点哭出声来，不过我没哭出来，我开始大声说起话来："老王，你偷偷从我家船上看过沈姨的屁股是不是?"

男人和女人们都静下来,停了筷子,看着我和老王,老王说:"小孩子别胡说八道!"

"那回沈姨来我家,你去河里洗澡,你还说,明丘,你爸爸和沈姨在船上生娃呢!你趴在我家的船上看是不是,我在岸上都看到了。"

老王红着眼,捏着拳头,十分愤怒,他说:"明丘,小孩子家可不要撒谎胡说!"

爸爸恶狠狠地瞪着我,我仿佛谁也不怕了,我转过身去,朝船板走去,爸爸粗着脖子在我背后吼:"小崽子去哪里!给我回来!"

我哭了起来,我头也不回地说:"我不和你们住了,我和鱼去住。"

## 青　鱼

我能凭鼻子准确地捕捉到隔壁船里飘过来的菜的香气,那可不是焖鱼,是新鲜的猪肉香味。我让肌肤离开光滑凉爽的船板,自己一圈圈儿地在船上跑着,我要把船上所有的肉香气都吸进我的鼻子。母亲提了条大鲤鱼上了船,她鼓着眼,埋怨我迟早会把船板踩出个大洞来。

"鱼?"我说,"又是鱼,难吃死了!"

母亲看都没看我,她从船舱里拿了把菜刀出来,坐在船头一刀刀地把鱼鳞刮去,又把鱼放在水里荡了几下。

"有得吃就好了,你嘴巴怎么那么刁,我小时候连饭都没得吃。"母亲把刀口贴在鱼肚上,裁衣服一样划破了鱼肚膛。

我觉得母亲可以把鱼卖掉,换一块猪肉回来,可是母亲即便把鱼卖掉,也很少见她提一块猪肉上船。母亲告诉我,父亲就在下游,只要到他那就可以天天吃肉。我想,等母亲睡着了,我就会解开船缆,摇响马达,让船顺流而下。不过母亲只要听到一点响动就会醒来,马达声那么大,母亲怎么可能会不醒呢?我失望极了,又躺在船板上,看着棉花糖一样的云。

"我不吃饭,我要下船去,妈你给我几块钱吧。"我把小手枕在头下,我很久没开口问母亲要钱了,我也很久没下船去岸上玩过了。不过我没抱什么希望,我只是在发牢骚。母亲把手放在水里晃了几下,在裤子上抹了把,便向船里走去。我看到她出了船舱,准备下船。她回过头来说:"你老老实实在船上躺着,我上船要是看不到你,猪肉我就会一个人吃,一块也不给你这小兔崽子留。"

原来母亲下船是要去买猪肉,我兴奋起来,说:"我要把船板都拖拖，都脏死了。"

我很久没见过父亲了，母亲说他就在下游。我想去下游找找他，我不知道要多久，我应该试试，把船往下游开去，到时候我把父亲叫上船来，我们再把船开上来，母亲到时候要是骂我，我会理直气壮地站在父亲身边说："我又没下岸，爸爸可以做证。"

我解开船缆，使劲地摇响了马达，船就笨重地在水面上移动起来。母亲告诉我，要找到父亲，就要顺流而下。母亲等会儿提着猪肉回来见到我家船突然从水面上消失了，一定会大喊大叫。

船顺水流着，我懒得闷在船舱里，出了船舱在尾板上晒太阳。我观察着沿河的每一条船，我认得父亲的船。船越漂越远，我往上游看去，只看见一条灰色的大水带和被雾气笼着的山。我有些饿了，烧火煮吃了母亲提上船的那条大鲤鱼。天色黑了，可我还没找到父亲，我有些害怕，我不知道自己是不是还要再往下游开下去。在一个叫大沧河的地方，一个女孩站在码头朝我挥手。我靠岸停了下来。她跳上船板，眼睛往舱里扫着。

"就你一个人？"她问我。

我"嗯"了一声。

"你要去哪里?"

"找我爸爸。"

"你爸在哪里?"

"我不知道。"

"带我到鹤鸣寺去。"

"怎么去?"

"往下游开,有个小洲,见到洲上面有座寺庙就是了。"

"你去那里做什么?"

她没有回答我,进船舱里搬了把凳子出来,在船板上坐下。她支着脑袋,看着流动的河水。

"我告诉你吧,"她说,"我要去当和尚。"

我吃了一惊,说:"和尚?可你是女孩子。"

"我知道,可是这里没有尼姑庵。"

"人家不要女孩子的。"

"我知道,"她摸着自己的包,从里面掏出一把剪刀来,"你看,我带了什么来,反正头发要被老秃头剃的,你帮我把头发剪掉,剪到你那么短。"

"我不会剪。"我说。

"你就那么剪。"她想了一阵,又问我,"船里面有镜子吗?"

眼　戒

"没有。"我说。

她又想了会儿,进舱把我家洗菜的脸盆盛了半盆水,端了出来。她在小板凳上坐着,弯着腰看着水盆里自己的倒影。

"你照我说的剪就是了。"

我拿着剪刀,刀柄发凉,不知道从哪里下手。她捋了一把头发,握住最顶端,说:"从这里剪下去。"

我把剪刀的口子靠近发端,说:"我剪了。"

"剪吧。"

细密的头发一根根断掉,我甚至听到了它们被剪断时发出的"嚓嚓"断裂声。我说:"再剪哪里?"

她又拢了拢耳垂两边的头发,说:"把这里也给我剪掉。"

我握着剪下来的辫子,又去剪她耳朵边的头发。

她看着水盆,扭动着脑袋,然后站起来,我吓了跳,说:"丑死了,像个鬼。"又说:"是男鬼还是女鬼?"

我打量了会儿,说:"不像男鬼呀,可也不大像女鬼。"

"不像女的就行。"

"你的声音,"我说,"一听就知道是女的。"

她哑着喉咙说:"像不像男的说话。"

"反正不像女的。"

"那就行。"

我拿着她那条一双筷子长的头发，问："你要把它丢了吗？"

"送给你，"她说，"反正我没船钱给你，你拿到岸上去卖，可以卖几十块钱。上回我逛集市，有个老女人扯着我的头发，问我卖不卖，说可以卖五十块钱。"

船在夜色中漂荡着，四周一片漆黑，我打开了探照灯。

"明早就可以到鹤鸣寺了，我饿了，你船里有吃的吗？"她说。

"有，有个鱼头。"我说。

"我估计我做了和尚就吃不到鱼肉了，你把它弄了我们吃。"

"我还是觉得你不像男的，寺庙的和尚会发现的。"

她嘟着嘴，抱着膝盖，突然哭了起来。

"那我怎么办，我要是做不了和尚我就跳进河里把自己淹死。"

我抚摸着她送我的头发，不知道怎么办，干站在那里。我在我家的船上曾经看到过水面上漂过一个女人的尸体，被水浸泡得鼓胀胀的，他们说她是跳河死的。

"你说人跳河死了会变成什么？"

"鱼。"我说。

"鱼?"

她突然站起来,纵身朝河里跳了下去,没有溅出一点水花,也没发出一丝声响,寂静地消失在平静的河面上。

我闻到了新鲜的猪肉炒青椒的香味,睁开眼睛,紧握着拳头,双手空空。我夹了几块猪肉,吃起来。我告诉母亲我做了一个梦,梦到自己开船去了下游找父亲。母亲拎着我瘦瘦的手臂,笑着说:"我都摇不动马达,你这双手,还得再吃几年饭。"

我闷闷扒着饭,抬起头来。"妈,你告诉我。"我说。

"什么?"

"爸爸是不是变成鱼了?"

## 青 蛇

父亲逮到一条乌梢蛇,是我揪的尾巴。腥臭味留在我的手掌上,双手浸在溪水里,和了一把泥巴搓洗,嗅在鼻子前还是有股老大的腥臭味。父亲说:"洗不掉就不洗了,过些时候会掉的。"

蛇被父亲装进了蛇皮袋,放到了溪滩上。夜里没有风,不用抬头就能看见星星。正是秧长苗的季节,家家户户都争着把一条水渠里的水往自家赶。父亲说:"坐到半夜,我们把贵宝家进田的水路封掉,引到我们家的田,天亮再给接起来。"

蛇在袋子里蠕动,父亲拨弄着石子上的火堆,插一根木棍到火里,等燃了棍头,就点燃了衔在嘴上的草烟,吞吐了一口,火堆旁边就缠了一道薄雾。落在草里的虫和蹲在田埂上的青蛙叫出了声。父亲吸灭了一支烟,青蛙已经不叫了,只有虫子。我又把鼻子往手掌嗅去,说道:"臭死了,怕是没比这更臭的蛇了。"父亲笑了一下,说:"有比这更臭的蛇。"

"那是什么蛇?"

"青蛇。"

但我从来没见过青蛇,父亲说青蛇挂在树上,树上就像挂着一截细青竹子。

"爹你见过青蛇吗?"

"见过,"父亲又燃了一支新卷的烟,"先前的事,有好久日子了,那个时候我才有你这么大。"

父亲说了关于青蛇的故事,但是我不明白,怎么脱了裤子就要上吊呢?那时候父亲在生产队上,早上几个大队的人在山上干活,十一队的一个男人见我们大队上的一个女人挺着屁股对着他,他边干活边观察着她的屁股,她的裤腰带是一根绳子,系成了一个漂亮的蝴蝶结,结在屁股后面,衣服太短,没怎么盖住,男人就用棍子勾了一下她的蝴蝶结,她的裤子就滑到了地上。那个女人真奇怪,怎么把结结在屁股后面呢?父亲也不知道。

"她怎么不穿短裤?"

父亲说:"那个时候连裤子都没得穿,裤子要洗的时候都是夜里,洗了就马上用火烤干,第二天接着穿。"

我们队上的那个女人的屁股就这样赤裸裸地展现在大家眼里,大家停了一阵锄头,又干起活来,谁也没说话。女人呆了一阵,提着裤子跑了。第二天村支书的喇叭还没催嚷着大家起床干活,父亲在床上就听到了女人母亲的号啕大哭。

脱她裤子的人当天晚上死在了被子里,死的时候手里抓着一条青蛇,屁股上有针刺的发淤小洞。

父亲说:"从来没见过那么臭的蛇,到他屋外隔好远都闻到了。"

那条蛇的臭味爬成了一条路,从男人家一直到上吊的女人家里。大家都说青蛇是那个女人变的,因果报应,父亲也是这么说的。

柴火燃得更旺了,我和父亲几乎同时吸起了鼻子,一股腥臭味在我们身边越来越浓烈,我把手放在鼻子前,胃里的猛然不适差点让我把晚上吃的东西呕出来。父亲把矿灯打到蛇皮袋上，乌梢蛇已经褪了一层皮，身上显出细竹子的青色来。父亲突然"咿咿呀呀"地叫起来，双腿折倒在石子上，嘴巴里叫着："我只看到你的屁股，别的没瞧见，没瞧见……"

父亲在那天晚上哭了，我第一次看见父亲哭，父亲哭，我也就跟着哭了。

第二天父亲就病倒在了床上。

母亲从水湾村请了一个老先生为父亲驱骇，他画了一道符，嘴里念着我跟母亲都听不懂的咒语，放在八仙桌上的一升米开始跳起舞来。父亲喝下符水，眼里的红血丝并没散去，母亲用红纸封了二十块钱，送走了老先生。

母亲把我叫到跟前，问了父亲发病的缘由，就哭着骂起来："该死的东西，怎么给小孩子讲那么不要脸的事！"

贵宝爹第二天找到了母亲，他说："你屋真会赶水，人家田里的水都不到指甲盖深你屋就赶去了？做事也得有个先来后到！"母亲并没同他争吵，而是抹了一把眼泪，指着躺在床上的父亲，说："赶回水把人都赶坏了！"贵宝他爹看了一眼病着的父亲，情绪缓和了很多，近了父亲的身，握着父亲的手，叫了声："老弟。"父亲明显没理他，他就又叫了声："老弟！"

眼　戒

他看着眼睛湿答答的母亲，问："叫先生给他驱惊了没有？"

母亲点了一下头，说："昨天夜里头碰到了青蛇。"

对于父亲的病倒，我并没多大的担忧，我总觉得父亲是会好起来的，既然会好起来，又有什么好担忧的呢，相反，关于青蛇的记忆就像留在我手上的它的体臭，怎么也搓洗不去。

我说："你见过她的屁股没有？"

母亲拍了一下我，说小孩子别瞎说。

贵宝爹低了头，又抬起来，说："真是造孽。"

后来父亲的病好了，好的那天我在洗葱，葱的汁液流在我的手上，手上的腥臭味居然消失了，我兴奋地把这件事告诉父亲和母亲。父亲什么话也没说，自那天起他就变得内向起来，沉默寡言，再没同我讲过鬼故事，我也再没问过他关于青蛇的事。

许多年后，在一个小县城的宾馆，我第一次见到女人的身体。我捏着一个女孩的屁股，极具弹性，我向她讲述了青蛇的故事。自始至终，我都怀疑父亲见到的不只是那个已死女人的屁股，还有别的，但是女孩随即反驳我说："你老爸敢骗鬼吗？说不定跟那个死女人有一腿都不好说。

如果你老爸站在她后面,看的肯定是屁股,站在她前面,回头来看,哼哼。"

我哼了一声,说:"你站起来。"

"干吗?"

"我要看看你的屁股。"

她裸着身子站起,找来自己的裙子往脖子上一勒,吐出舌头,翻着白眼:"那我准死给你看。"

## 稻草人

很欢快,至少肚子是饱饱的,煤油灯的火烧得快灭时,奶奶添了些菜油。她叹了一口气,说烧菜油真是罪孽。别说菜油,就是一粒米掉在地上她都痛惜不已。我家的小狗在火坑旁扑哧着鼻子,冲起一些柴灰。奶奶敲打了下小狗的脑袋,它哼着站起来,抖动了下身子,窝在了墙角的稻草堆上。

在最饥寒的年岁里,奶奶说她的妈妈总是给她讲一些流油的故事,麂子放在火上烤,野兔也放在火上烤,一切都香喷喷、油腻腻的。时代不同了,什么都成了公家的,自家不能种菜,山上的野味也不能私猎,哪怕是田间遗落的稻穗也不能拾捡。

眼　戒

"四海无闲田，农夫饿死了。"

"你嘴里嘟囔着什么？"

"我们语文老师教我的。"

干瘪的谷壳，我的伯伯在割过后的田里拾取它们。公家人看到了，非常气愤，说是盗取国家粮食，要抓起来狠狠教训。来年，我伯伯死了，是饿死的，他扛着粗麻袋装着的米粒粗实的谷子，在田埂上走着，他已经饿得不行了，厚重的麻袋压着他，他的后背被粮食压出了血。晚上回到家里，伯伯只是说饿，要吃，又吐了一口血，气没缓过来，消沉在胸口，变成了大柏树下的一个土馒头。

饭吃得剩下来，奶奶用来喂猪时说，现在的猪都比我们那个时候吃得好。田间的谷子已经割完，束扎的稻草像人一样一个个立在满是稻茬的田里。掀开稻草，下面寄居着各种小动物，田鸡、蛇、鹌鹑。

月亮照得老高，整个村庄安静极了，哪里都是月亮照出的影子。猫头鹰抓在古银杏树的枯枝上，腹里发出"咕咕"的声音。小海的爹从上村举着火把奔了回来，他的脸发青，头发竖起，说是在湾子里碰到一个比箩筐还大的黑团从山上滚下来，追着他碾。一个大人说他半夜起床撒尿，古银杏树上盘着一条很长的巨蛇，尾巴盘在银杏树上，脑袋伸在了几百米外的小水渠饮水。阿金的父亲说他爷爷养过一群小鸡，有一天他捶黄豆时不小心捶死了一只小鸡，小鸡变成了一块金子，躺在地上，母鸡见自己的孩子死了，在阿金爷爷的手上啄了一口，领着其他的小鸡跑了。阿金的父亲说他爷爷真是无福的人，捡了一块金子，手上却被啄了那么一口，肿得厉害，把金子花完才诊治好。

银杏树开花了，开花的银杏树是不结果的，他们说它是公的。城里来人采集银杏花，教人在树上用竹竿打，我们在下面捡，每个捡的人给一块钱。我和小海一人捏着一块钱在小店里买了两毛钱糖吃。黄昏的溪水在阳光的照耀下浮着一层金黄，阿金拎着一个铁锤端着一个小盆从田埂上走来，他说："去打鱼吧，晚上我们做了吃。"

"我们没有锤子。"

"你们用石头砸。"

小鱼躲在西瓜大的石头下，我们搬起石头，砸下去，幸运的话翻开砸过的石头，就会浮出一只翻着白肚皮的小鱼。

我们砸了差不多一斤的小鱼，破了肚子揉了盐焙干。田鸡在田埂上吵叫个不停，阿金说，再打一斤田鸡，就有两个菜了。我们拿了大人的电筒，提着蛇皮袋去逮田鸡。只要用光照着田鸡的眼睛，田鸡就变得目光呆滞，傻傻地蹲在地上让我们抓。电池没什么电了，为了节约电，我们关了手电，在月光照耀的小路上走着。田间的稻草黑黢黢地立着，阿金突然停下来说："稻草人！"

他"嘘"了一声，要我们别动，他指着溪对岸的一丘田说："我看到稻草人了，它在动。"

据说，只有小孩子才会看到稻草人，可是我们这些小孩子从来都没见到过。稻草人是守护庄稼的田神，虽然不是鬼，可我们还是害怕。村子里的一个老人给我们讲过稻草人的故事，他说，什么都可以成神，树可以变树精，石头可以变石精，蛇可以成妖。马家村子的那株大银杏树的一截断枝的伤口处用红布包裹着，前两年有两户人家为那株银杏树起过争执，一户人家的男人拿斧子劈了树的枝节，据说树流了鲜红色的汁液，第二天就有老人找到他说，你砍了树精的手，要拿红布给它好好包了，再烧香拜祭请罪。

我们趴在田埂上，稻草人开始移动，它们变高变大，又缩了身子，消失在高矮一样的稻草堆里。我们剥了田鸡皮，和着青辣椒连着小鱼一起炒了吃。整个晚上我们三个都悸动不安，长到这么大，我们羡慕村子里那些见过蛇妖、树精的人，哪怕是见过鬼的人，我们都羡慕不已。

小海把胳膊枕在脑袋下，他说："可是稻草人会吃人吗?"

"稻草人吃害虫。"我说。

阿金说:"搞不好也吃人。"

"问问见过稻草人的老人。"

那个传闻见过稻草人的老人正悠闲地在敞坪上晒着太阳,他仰着脖子,闭着眼睛,嘴里哼着曲子,手指有节奏地在骨节上敲击着,我们问他:"爷爷,你见过稻草人是吧?"

他睁开眼睛,指着自己的裤裆说:"我鸡公有你们这么大的时候是见过的。"

"那它吃不吃人?"

"不吃。"

"小孩子吃不吃?"

"要吃我早就给吃了。"

小海还是有些担忧,他犹犹豫豫地说:"我爹前天叫我晚上不要出门,要我守屋。"

"那你昨天怎么不守!"

"我今天非得守了,你们去吧,见着了告诉我。"

老人说稻草人要天黑才从地里钻出来,天还没黑我和阿金就到了昨天晚上稻草人出没的稻田,我们互相用干稻草从头到脚严严实实地裹了,在眼睛处抠了两个小洞,和大片束扎的稻草一样，错落有序地排在稻田里。

天黑了，稻草人没从地里冒出来，我听到了人的声音，一个男人在田埂下干咳了一声，一个女人在溪上干咳了一声，然后两个人影朝着不同的路径会合到了稻田里，两个人在稻草围着的中央坐着，女人说："我家的说不定明天就回来了。"

我听清了那个声音，是小海的母亲。男人也开始说话："又去捕蛇了？"

"就只晓得抓蛇，去一趟就是几天，跟他睡一张床造孽咧，身上一股子蛇腥味。"

"好这一口儿你也是拿他没办法的。"

原来那个男人是侯宝他爹，他从袋子里拿出一只裹着的鸡，说："炖的鸡，还热着，先拆吃了。"

他们扯着鸡吃，小海的娘说："油死了，带纸了吗？我要擦擦。"

侯宝他爹说，带了，说完就抓过她油腻的手指，吸起来。

"硌人。"

"抱几捆稻草铺着。"

"嗯，衣服脱了，铺在稻草上，舒服些。"

"我晓得。"

"你晓得个屁，昨天你抱的那几捆稻草一股霉味儿，难洗死了，要拣干的。"

"干的湿的差不多。"

"我去捡，那味儿别被我那死人回来嗅到了，别到时说现在谷子早割好了，你身上怎么还有稻草味。"

小海他娘抱了一捆稻草，稻草突然从她怀里挣到了地上，又爬起来，跌跌撞撞地跑了起来。她怔在那里，惊恐地转了身对他说："你快看，你快看呀！"

"看什么？"

"稻草人，"她哭了起来，"我看到稻草人了！"

我和阿金睡到中午，我们躺在床上无聊地看太阳光在房间缓慢移动，小海来找我们，他问："见到稻草人了吗？"

阿金看了看我，我看了看他，我们摇摇头，说："没有。"

小海有些沮丧，阿金说："大人也见得到稻草人。"

"大人也见得到吗？"

阿金嘟着嘴巴，盯着墙上阳光的斑点，点点头，说："大人也见得到。"

眼　戒

# 衣　钵

连泉到七八岁时头顶还没生出一根毛发，大人经常摩挲着他溜光的脑袋说："不去做和尚倒是可惜了！"

家中兄弟众多，养育困难，他的母亲也说："连泉，不如我央人把你送到鹤鸣寺去。"

她抚着连泉的头，又说："你这副样子，爹娘又没本事，长大后还不晓得有哪个女人愿意嫁给你。"

鹤鸣寺的住持锦海见他一脸木讷的样子，心就宽下一尺来，又见他身子结实，挑水劈柴这些杂事做上一年也是把好手，当下便在引他来的人肩上拍了几下，说："问题不大，问题不大，你的面子总是强不过的，留下来看看。"

凡是寺里的买办、香油钱之类，锦海都经管得极严，不肯出落一分到徒弟们手上，几个弟子熬受不过，前前后后走了，去谋了别的营生，只有连泉照例挑水劈柴。寺下是一条河，闲下来时连泉便坐在一块大石头上看河上的鸬鹚如何捕捉筷子长的鱼。

庚戌年，连泉已经长到十五岁，五月初五赛龙舟，据说今年要是黄船夺了冠，来年不论是田里、地里、河里，都将是一派丰收的景象，然而今年的五月初五有比龙舟更热闹的物事可看。

一年之内总是有人在河滩边拾到指甲大的小金片，本地几个有见识的人说是金鳞的鱼鳞。金鳞每年褪换一次鱼鳞，若是能逮了养在家里，一年下来就是个讨饭的也能凭此置地买田，不上几年便是当地的巨富了。人人窥觑，却又没有法子将它捕捉上岸，断河撒下大网，金鳞摆动尾巴，将网丝割得稀烂。它又极灵敏，有船和人要近它的身，水中起了波动，它就迅速闪进河中。

六年前县里来了一个洋人传教士，说是要修建教堂，送了知府陈延庆拳头大的一只黑蜘蛛。据说这黑蜘蛛能捕得金鳞，只要每日给它鸡蛋清吸食，等到吐出的蛛丝变成银色，便能放它下河。陈延庆后来调离辰州，把它转手给了当地靠船运发家的陈姓本家富户。

锦海在这一天自然也要去看看热闹。他戴了一顶草帽，换上平常人家的衣裤，要连泉守着寺庙，自己则早早跳上码头的渡船。船到了河对岸的码头，船上的人争着往下跳，船左右晃荡，吓得船夫忙把竹竿撑进水里。

各色龙舟列成一个阵，鼓声咚咚，震得水面荡起细密的波纹。有人在船上发了一声喊，岸上的人便浪潮一样涌卷过去。

黄澄澄的金鳞在鼓声中开始躁动，跳舞一般跃出河面，又跳进水中，像是在戏谑岸上的观众。直到陈家人在岸上放出蜘蛛来，成千上万的声音顿时哑了下去，只有擂鼓声依旧"咚咚咚"。蜘蛛入了河，像一块小干木头一样浮在水面，慢慢向金鳞漂去。还有几尺的距离，金鳞跳在空中，蛛丝犹如箭一般射了出去，缠住金鳞，落入水中，蜘蛛划动自己的手脚，拖着金鳞向岸上去。鼓声也息下来，擂鼓的人把鼓槌定在鼓皮上，支着身子看得发呆。

河中的黑点越来越大，锦海在人群中挤着，蜘蛛身后几尺远的地方正有什么东西在弹动挣扎，锦海嘴巴慢慢张开，痴痴地说："逮到了，逮到了。"

他慢慢阖上眼睛，河、岸上的人，在他眼睛里仿佛全被墨水染成了黑色，而黑蜘蛛在黑的背景中显出它更浓的黑来，叉着手脚向他爬来。

离岸没剩多远，早有人扬起铁丝篓子，只等着蜘蛛近岸。岸上的人突然伸长了脖子，嘘喊一声，金鳞挣断了蛛丝，隐入水中，河面上再没现出它的踪迹。

锦海缓了一口气，右手捏成一个拳头在左掌上重重击了一下，将帽子遮得更低，侧身在人群中向岸上挤去。

龙舟也没赛成，桨手们在船上闷闷吃着草烟，岸上的人也散得干净。蜘蛛的主人将它收进梨木匣子，坐上竹椅，抬进了离河不远的一栋砖石围住的居所。暮霭沉沉，河上停着的船只被人挂上了灯笼，在河岸上纳凉的人谈起蛛丝缠鱼，都说到底还是蜘蛛经养不足，欠了些时候，只要再养上一年，定能将它捕捉上岸。

当夜锦海并未返寺。师父极少在外过夜，整个鹤鸣寺空空荡荡，连泉拿出木鱼盘腿坐在床上"笃笃笃"地敲，不知夜深到什么时候，只见桌上油灯中的灯芯炸了一个火星便熄了下去，他拥了被子闭眼睡去。

白日里，连泉去河边涮洗野芹菜，几个妇女正在浆洗衣服，她们发了狠槌打着湿漉漉的衣服，胸口起伏晃动。他的手浸在水里摘洗菜叶，眼睛乜斜着。

"唉，小和尚你瞅什么呢？菜被水流走了。"

她们就笑起来，说："整日尽煮吃些野菜，脸也养得这么白胖。"

"你的那个骨瘦师父，听说昨天——"

连泉的脸忽而发起烫来，总是有许多人爱说师父的胡话。他受了辱一般掬起一捧水浇在脸上，抹了一把，拾了菜茎装进篮子提了就要走。

"小光头,这里还有几个根,你不要了?"

一个妇女蹲在河边,拎着那几根野芹菜扬在手里,他解气似的大声回了一句:"留给你们回家熬汤吃!"

郑屠夫见了正低头走着的连泉,将他扯进自己的铺子,说:"你师父也真是的,平日吃斤把肉又打什么紧,昨夜头脑袋里不晓得哪根弦绷歪了,竟跑进船里吃起酒开起荤来。那婆娘是好惹的?撒起泼来跟风吹,你师父也真是的,硬要少一半的钱,弄出这档子事来!"

锦海看完蜘蛛捕鱼,脸上浮着苦笑,四处转悠,他荡进临河的一家客船,点了酒菜,吃了几杯闷酒,浑身热起来,被人撺掇着找了一个脂粉女人。却要行事时,半天勃硬不起,女人就不耐烦,要他结账走人,锦海不肯,死活不愿结个全款,那女人就推开门窗,大声吵闹起来,引得楼上楼下的人全跑过来看热闹,内中就有人认出他来,说那不是鹤鸣寺的管事?

来鹤鸣寺烧香的人渐渐少了,热气蒸得庙旁的苦瓜叶都萎了。

爬到七级浮屠塔的第四层,河上的一切都收揽在连泉的眼里,泊在码头装卸货物的船只一溜儿排着,连泉想要看清搬运工肩上掮着的货物,但他眼里的人都只是一个黑点。

他走下楼梯，到后院的地里扯了几株黄豆，坐在蒲团上一粒粒剥。蒲团的背后挂着一幅佛祖布像，这画像不知挂了多少年，白布底子早已被香火熏得发黄。初来鹤鸣寺的时候，他时常躲在这里抱膝坐在蒲团上听上香的人说话："弟子不晓得上辈子造的什么孽，哪怕是在船上出卖身子，求佛祖以后不要让我家老爷再逼我咂他下面——老爷他虽然不欢喜，可那实在是罪孽深重。"

连泉听她脚步声响远时才从后面走出来，只看到她的背，一条齐腰的辫子挂在身后。

有一次一个嘴脸扭曲的中年人，像是在大笑，然而这笑却又没有一点喜色，捏香的手抖个不住，他跪在蒲团上，声音总溢在嘴里，流不出去，像是从腹里发出来的一样："直到打开来才晓得有那么多的，先前我以为是很少的一点，白花花的，我从来没见过这许多，我就笑，我现在的心都死了，可脸上还是在笑，我真是一条穷命，没有福气消受不起它。"

师父提了一条鲢鱼进来，黄豆已经剥满了木盆的底层。稻草穿了鳃的鲢鱼挂在柱子上的木销上。连泉将木盆端了，要拿去泡洗，锦海叫住他，指着挂着的鲢鱼说："肚子破了洗干净，鱼鳞不要剔。"

眼　戒

鲢鱼上桌时,锦海先不吃肉,拿牙齿撕了一片鱼皮,在嘴巴里嚼,又一口咽下去。连泉不明白师父为什么爱吃鱼鳞,自己只是挑着肉吃。

傍晚天色发黄,他和师父下河里抹澡。太阳烘照着河面,水中的波浪分离出黄黄黑黑的水色。师父褪了衣裤,慢慢涉进河里,水齐了腰就站着不动,拿干葫芦剖的瓢舀了一瓢水,举着它高过脑袋,往下"哗"一声倾下去,分崩离析的水珠溅在水面上。几只鸬鹚抓在河心一只船的沿上,张着翅膀,连泉以为它们要飞出去,它们却收住了翅膀。

到了八月初九这天晚上,锦海捏着油灯,从装经书的箱子里把县里的文书摸了出来,上了锁,要连泉明早去领县府批下的香油钱,细细交代了一番,末尾说:"领完了就搭船过来,不要耽搁。"

窗子外发出素白的光,连泉换上干净僧衣,洗了冷水脸,褡裢系在腰间,下渡口搭船进城。县里的执事早已耳闻锦海在船上闹出的事,只是寺里的人事承继县里干预不上,他阅了文书,又看着连泉,问他:"这回你师父怎么不来了?"

连泉想了一阵,说:"师父病了。"

执事鼻子里哼出一口气,冷笑起来,"那么,"他说,"就等他病死你再来吧。"

文书丢在桌子上，连泉不知该不该拿，执事仰起头来，说："拿了坐船回去吧，回去他问你什么，你照直说就是。你告诉他，等鹤鸣寺换了新住持，现今压着的将分文不短一并拨给寺里头。"

临河泊着的木船经桐油漆得黄亮，门口板凳上懒洋洋地坐着几个脂粉搽得极重、眼线画得细长的女人，连泉立着不动，看着她们。一个女人站起来，搂了手，望着连泉。她笑起来，抽出手来招着，连泉别转了脸，低下头，看着码头的石阶，一步一步往渡船方向踏去。

回到鹤鸣寺时师父已经备好了晚饭，连泉避着师父的目光，慢慢往凳子上坐下去。锦海也不吃饭，双手拢进袖子里，问连泉："钱呢？"

连泉不知该如何答复师父，他吞吞吐吐地说："他说，要等——要等咱们寺换了新住持才给……"

锦海闭了眼睛，好大一阵才睁开来，双手拱出袖子，捏了筷子，指着桌上的两样菜说："吃吧。"

也许师父当真是病了，他整日在床上躺着，夜里伴着床头的一盏青灯，耳朵静静听屋子里的虫飞，听寺外河边的鹤鸣之声。便在这夜，锦海做了一个梦，一只花猫叼走了自己盆中的金鳞，只见绿的眼睛在院墙上闪了一下，剩下一片乌黑来。又见自己逮住了它，双手擒住不放，金鳞挣了一下，刀片似的鳞割得只觉满手一片滚烫，锦海叫出一声，连泉听得这一声怪叫，忙摸黑燃了油灯，到师父的卧室来。师父见到一片光，火光中看连泉的脸有些晃眼，他慢慢支起身子，手掌沁了一层细密的汗，在被褥上擦，又觉得喉咙焦渴，要连泉舀一瓢水。

"你要听师父的话，"他把瓢还给连泉，抹了一把嘴，"你的几个师兄都已走得干净，我死了这鹤鸣寺就归你管了，我的衣钵自然也会传给你。"

连泉抿着嘴，点了点头。

然而师父也没病死，开始在院里种起菜，觑着脸下河里捕鱼，托人拿到市集卖。隔月连泉的一个师兄陪别人来贩卖席子，顺道来探访他，他跟连泉说："不如跟我去织篾吧，要不了半年包管你能出师。"

连泉说："可是师父他说要把衣钵传给我呀。"

师兄捏着他肩上的衣服，拉起一个褶，手指捻了几下，说："衣钵，衣裳都舍不得给你办一身，鹤鸣寺的名声早被他败臭了！"

连泉咬着唇，不知该说什么好，师兄便又说："你去跟师父说一声，就说我要进城给你们买些东西，要你从城里带回来。"

锦海正在后院弯腰掘地，连泉走过去说："师兄说要进城给我们买些东西,要我上城带回来。"

师父锄头并不收住,冷冷说道:"他不回去了?"

"他要坐船下常德去。"

"你去就是了,不要玩得太久。"

连泉换了母亲正月捎来的衣服,和师兄从山上沿小路下了河边的渡口等船过河。他们跳到船板上,弯腰拱进船舱,拣了靠尾的一条长板凳坐下,船夫见人上得差不多,叫一声"坐稳了",使劲撑了一篙,船斜斜向下驶去。凉风鼓在衣服里荡,山上的鹤鸣寺隐在密而高的楠竹丛中,只有白塔露出上面的两三层。

师兄带他进了布铺,挑了布料,量了尺寸,要店师父明天赶做出来,说价钱高点能够接受,明天赶不出来就只有上别家了,店老板议了价钱,说:"好,明天正午过后来取就是。"

天色黑下来,师兄将买的一顶青布帽子盖在连泉头上,他们到了临河的客船,门口坐着的人一个个起身喊。师兄领着连泉一路走过去,进了一家熟识的客船,在空桌上坐下来,老板认出他来,便问:"又来运席子?"

"是,这回要去常德——上几个菜,再打斤把酒来。"

上的几样全是荤菜,师兄拿杯子给连泉倾了一杯酒,递给连泉。连泉接了,说:"我喝不来酒。"

眼　戒

"尝尝。"

连泉将杯沿抵在嘴上，小啜了一口，喉咙里似乎有一股火在烧，极辛辣，立马放了杯子，打了一个嗝，手抚着肚子，说："可也一点不好吃。"

师兄笑起来，举起酒杯喝了一口，捏了筷子，说："吃菜，吃菜。"

桌上的酒菜吃得差不多，连泉见师兄的脸红红的，说话的声音也大起来。师兄叫来了老板，附在耳朵旁说："找两间房。"又说："要嫩一点儿的。"

连泉似乎听明白了什么，他想起师父来，想到师父在船上所遭受的耻辱他就害怕，此时船外面已经是黑沉沉的一片。

老板领着他们上了楼，等老板下去时师兄说："连泉，你在隔壁房间歇上一晚，不要怕，你已经不小了，师父他老人家做得咱们怎么就做不得？这里的老板跟我相熟，何况人家也认不得你。"

连泉坐在自己房间的床铺上，就有一个女人走进来，长长的一条辫子挂在胸前，他想到了那个来鹤鸣寺烧香的女人，也是这么一条长辫子。

连泉的帽子掉在床上，露出光溜的脑袋，女人咧嘴笑起来说："小和尚！"

连泉吃了一惊,脑袋有一丝发凉,忙将帽子戴在头顶,说:"我可不是和尚。"

"不是和尚干吗剃个光头?"

"我生下来脑袋就没长过头发。"

她摘掉连泉的帽子,哈一口热气在他头顶上,把手贴在上面摩挲,光溜溜的没有发茬,说:"是和尚也不打紧,和尚也是血肉做的人。"

他躺在床上,闭上眼,又睁开来往头上的木板看,女人在他身上坐下去,像是正月初五晚上他在寺里"笃笃笃"地敲着木鱼,油灯的灯芯燃烧殆尽时炸出一个火花,屋子里闪着耀眼的白光,刹那间又熄下,黑漆漆的什么也看不见。

乙卯年六月十五,五十八岁的锦海染了风寒,在床上躺了五天,瘦得不成样子,他叫来了连泉,连泉看到师父的脸色,惊慌地捏住他的手,只觉他的手在慢慢凉下去,说话的声音也渐渐弱了下去。

"你也不小了,往后——这鹤鸣寺就归你管了,我把衣钵传给你……"

锦海听到成群的鹤在河边水草里觅食,这种景象只在他幼年初来鹤鸣寺时见过几次,没过多久,耳朵里只剩下一片死寂,只有冷风在乌黑的辨不清昼夜的地方吹。

眼　戒

# 油流鬼哭灯

## 一　死辟

到正午时，县官老爷终于不耐烦了，哈了一口长气，说："曾员外家的油是被你吃得干净了？"

"小的只用手指戳过几滴，是那畜生偷吃的。"

二更时候，他似乎听得老鼠噬咬木板的声音，待要张耳细听时，又不人分明，疑心是窗外的大鸟在柴火堆里刨食毛虫初生下来的幼子。这怪声连过了几日，等到曹厨子要他抱柴煮猪头时，他拨开生柴，拱身进去抱了一捆干柴出来，柴上粘着几只毛虫，比起前几日来，肥大了很多。

"烧死了，你们知道就要被烧死了吗？"他盯着那几只毛虫，"总是你们不该死的，你们的娘呢？"他眼睛紧了一下，不远处那只羽毛仿佛涂了黑色油漆的大鸟爪子抓在树杈上,脑袋抡了不到三圈,忽然把喙啄进了翅膀的羽毛里,来回点啄了几下,似乎逮到了一只大虱子。

他忿忿地看着那只大鸟,拗了一截柴火掷向它,击中了它的尾巴,大鸟"嘎"一声,扑着翅膀向另一株枯树飞去。

"我看你们的娘是让它吃了。"他叹了一口气,寻了一株树的空隙,折断了粘着毛虫的柴,塞了进去。他抱着柴正往厨房走,地上发出一声闷响,跟着柴便轻了许多,脚底踩了油一般滑了一跤,"唧唧"一声,一只肥得流油的金黄色老鼠从他面前逃了去。地上湿了一小块,不像水,他翻过脚来,鞋底板也粘了一道,吸吸鼻子,闻到了一股油香,香得有些古怪,他凑近闻了闻,一阵战栗,用手指头抹了一把递进嘴里,确乎是员外要他看守的香油!

"祭祀的香油倒你让吃了精光!"曾员外扇了他几个耳光,手胀得发红,就坐下来问,"那么,你真是偷吃了香油?"

"小的只用手指戳过几滴,是那畜生偷吃的。"

县官老爷摇一摇手,说罢了罢了。

刑台下站着的许多人都搓着手,又拢进袖子,踮着脚尖。他只感到脖颈被水凉了一片,继而刽子手吆喝了一声,看的人脑袋往后一缩,仿佛血溅到了自己脸上,用手

眼　戒

抹了看，连裤子也看一遍，并没有血，个个才放心伸了脖子看台上那颗淌着血的脑袋。

曾员外收了闵的尸体，沥干了血，漂洗干净，吩咐家丁在一口大锅里熬制。熬出的油足足装了一桶，添作香油，在祭祀祠里燃烧起来。

闵的脖颈随即感到一丝冰凉。刽子手取下肩上挂着的布，抹了一把脸，又去擦拭刀刃上的血。

闵蹲在祭祖的油灯前，内心分外空，分外静，就是曾员外上香时，他也不避让，只是盯着灯的焰看。焰火长一点，他的眼便睁得大一点，焰火将熄时，眼睑竟不自觉地要阖上。梦跟白日一样乏味，格外静，格外空。

他卸下祭祖的一盏油灯，托着它出了祠堂，在道上走。东边的铺子顶发出白素的光来，瓦楞上野草的颜色渐渐由灰黑转成了嫩绿。包子铺的师傅将几屉包子叠在蒸锅上，冒着热的水汽。他非常疲累，但并不饿，也不觉得困。

道上的石板起初还是灰白色的，走过一家酒楼再看时竟蒙上了细密的紫青色斑点，打他身前过的人已经有人撑油纸伞。他用手掌罩着油灯，忽而又松开去，灯火受雨的浇淋竟然不熄，油已烧了一晚，然而也没浅下去。

"这么举着也不是事。"

他低下脑袋，解开衣裳的结扣，肚皮自上而下有一根墨色的线紧贴着，伸了手就要去扯，手指有半截竟然没入了腹中。他只是呆滞了片刻，就将整只手伸了进去掏摸，腹中一片虚空。

"油灯倒是有个好去处。"他捏着油灯，塞进了肚子里，油灯的底座粘着了什么，安稳地在腹中燃着。疲累之感渐渐消去，肌肤也变得温润起来，雨淋在身上的清冷感逐渐浸入肌肤。

## 二　游魂

地上结了白头霜，没多久时光，湿气凝在树叶尖挂着的露珠上，他终于平静下来，很小心地掐掉一片叶子，舐尽叶上的水珠，水的味道比起之前可是大不相同，其中隐隐杂着血的甜腥——他宰杀过一条大鲤鱼，淡红色的鱼血粘在手指上，他将手指放进嘴里吸得干净。

破肚的死鱼在大木盆中挣扎，水溅在脸上，他几乎恼怒起来，斫柴一样斩掉了鱼头。鱼头分离在地上，死鱼的眼睛定定看着他。

曹厨子取鱼来，呵斥着他："可是要做全鱼的，你倒切了它的头！"

"杀它不死——"

晚宴连摆了十来桌在大院中，吃得人手嘴油腻。暮鼓声响，曾家的几个家丁搭了梯子，在祠堂里挂起写有"寿"字的红灯笼来。曾老爷雇人来唱演京剧《铡判官》，一帮戏子穿起戏服，在舞台上抖起袖子来。两旁搭起木柱，放上火锅，松油柴腾起黑烟，放出大的火光。闵因了家丁的福气，竟也准许站在后道破天荒观赏了一回。

包拯怒斩鬼判官张洪是何等大快人心，狗头铡铡下去时台下的看客鼓起掌，闵也随了众人的声音大叫一声"好"。戏子散后，台下的人也散得干净，道具要等到明日才搬，闵蹀步上了舞台，在日审阳夜断阴的公案上坐下来，拍了惊堂木，底下仿佛跪倒了许多人，个个在磕头求饶，闵"咿咿呀呀"直叫起来，说："饶不得，饶不得，瞧瞧你们干的好事，都要杀得干干净净，把头一颗颗砍下来！"

黄昏来时，他默坐在一块大石头上，道路房屋歪歪曲曲，变幻了它们通常的形状。暮色中透出几点火光，曾家人打了灯笼，他跟上去，道路也认得越来越熟悉，直走到他家的破木屋里。

曾员外进屋在唯一的藤椅上坐下来，双手抚在膝盖上，闵的奶奶正在火坑烧饭。闵盘坐在地上，拨弄着一片竹篾。

"老人家,你的孙子偷了我的灯油。"

"你们砍杀了他。"

"我的灯油是别处买不到的。"

曾员外叫人从包袱里拿出两锭银子,又取出一小瓶油,说:"老人家,你孙子毕竟是在我手上做过活,这银子和油都是送你的。油你就现在点着吧。"

他的家丁从房中寻出了灯盏和灯芯,倾了满满一灯油,用火点燃了。那灯火闪闪,闵的眼也跟着眨,直到灯油燃尽时,闵沉沉睡了过去。

早上鸡啼时,闵睁开眼睛,屋室再没金色的光从缝隙中渗进来,眼里只是一片灰白黑。走出屋去,草是灰色的,树上熟烂的柿子也透着灰的颜色。

他捻死了一只蚱蜢,那蚱蜢肚皮破出一股白浆;逮了一条鱼,破开肚膛也只是流出灰黑色的血汁;奶奶买了一只鸡,割脖子时滴在碗中的也只是黑色的凝得极快的浆。

在荒郊,遇到满月时,他辨识不出昼夜,狗似的眼睛消弭了夜色,月亮与日头都是当空一轮挂着,散着惨白的冷光,两者全然并无两样,直到进了城,见人掌了灯,路两边有摊贩卖起消夜,才识出这正是黑夜时候。

大街上的人来来去去走着,说话的声音也格外吵闹,他听得有些发烦,又走回荒郊去。离城已经很远,他在一

眼　戒

簇枯死的草上躺着，大街上人的余声到这时候才静下来，然而不久除了鸟雀在林中偶尔的吵叫，又有人的哼唧声散布在周围，像是染了大病一样痛苦呻吟着，他听寻许久，才发现那声音是由自己喉咙发出的。

## 三　父斩

闵的父亲总是喜欢挑他去城里看人杀头。他编的竹筐、竹篓，卖得钱后便要带着闵去刑台。底下聚着许多人，闵坐在父亲的肩膀上。刑台上跪着一排人，知县老爷宣读了他们的罪状，在一个白色牌子上画了红，刽子手领了牌，大刀一扬，就有一颗黑色的脑袋滚落下去。父亲在这时候总不忘吆喝一声："好！利落！"

闵问："爹爹，他们为什么被砍头？"

父亲说："都是贼党。"

"贼党是什么？"

"贼党就是作乱的人。"

父亲对于砍杀贼党的场面总是乐此不疲，他每天编完了竹筐就去向刚回城的乡民探听城里斩杀贼党的消息。听得有斩杀的消息时，他晚上就从油缸里舀一小勺菜油出来，倾在一枚小小的灯里，又掐了一截短短的灯芯，用火点着。他把草烟填进自制的竹烟筒里,大口大口地抽着。

"明天我带你上城。"父亲说。

"爹爹那可有什么好看的。"

"我的手法是要比刽子手好的,你看我日里剔竹子的手法。"

父亲捏起他的竹刀,竖一截楠竹在屋子里,手里抹了唾沫,大喝一声,朝竹子劈了下去。竹子的上半截斜斜分了身,掉在地上,下半截微微晃了下,又安稳地立在那里。

那回进城后,父亲便对其中的一个刽子手不满,他连砍了三刀,也没能将贼党的头颅砍掉。父亲叹了一口气,就扛着闵回了家里。他照例点了油灯,照例抽着草烟,眼神里有稍许凄色。

闵说:"爹爹,你换下竹刀,用那把砍刀,是一刀就能砍掉的。"

父亲非常哀怨地看了他一眼说:"我的刀只是用来砍竹子的。"

他摸着刀口的刃,嘱闵早点去睡。

那个时候闵正窝在被窝里睡觉,门外来了一群执着刀的官差,进屋就押了他父亲。父亲在前一天进山砍竹子,砍了几棵,见林中地上躺着一个受了伤的兵士。兵士迷迷糊糊睁开眼,眼前正立着一个黑影,黑影蹲下来,看着他。他把兵士扶在一株楠竹上靠坐着。他站在兵士的背后，竹刀落下去，楠竹连着兵士的脑袋一并被砍下。楠竹倒下的声响惊醒了另一个正歇睡的兵士，他望去，惊跳起来，循着闵的父亲回了村，连夜跑去城里禀报了正在城中的张守将。

贼党越杀越少，比起往日，刑台上跪着的人又少了几个。父亲跪在中间，奶奶领着闵站在台下，知县老爷照例宣读了罪状，可是父亲怎么是贼党呢？奶奶告诉他，父亲杀了张守将的士兵，杀张守将士兵的人就是贼党。

父亲扭着身子拧着脑袋看着身后执着砍刀的刽子手，唾了一口，似乎对他上次三刀都没能将犯人的脑袋砍下来的事非常鄙夷。父亲抬了脑袋，似乎看到了夹在人群中的闵，他垂下脑袋在肩上的白色衣服上擦着，又扬起脑袋，背后一双粗手拨正了他的头，使颈椎露得突出。

奶奶突然用手捂住了他的眼睛，等奶奶手松开来看时，刑台上不知何时溜来一只大黑狗，正挺着尾巴舔舐地上的血渍。

## 四 入梦

腊月时节曹厨子烹杀了一条狗，七八个家丁围坐在柴房里吃，火坑旁边煨着一壶酒，闵在床上肿着眼眶被人拉去吃肉。

他吃了一口酒，肚子灼热起来，伸筷子去大锅中夹肉，筷尖异常沉重，一提，整只狗头被他从锅中捞起，只觉浑身一冷，狗头坠进了热汤锅中。

曹厨子说："这全头可要留待我来啃，不要抢吃我的。"

有人热了几片白菜。

汤水鼎沸，锅中剩着的几块狗肉烹得稀烂，酒壶已经添了三四回，个个吃得面红耳赤，闵也有些微醉。

"真真是俊俏。"

"能捏上两捏，便削了手指也是挣着了。"

闵回到卧处，刚一阖上眼皮，先前绝迹的城外大道上就涌出一队人来，敲锣、吹唢呐的声音充斥耳中，一顶簇新的花轿抬进曾家大院，里面走出一个人儿来，头上盖着一块艳丽的布，被人搀扶着，一双小脚小心地在地上踩。

有一回他提了一木桶热水去厢房，一张脸映照在木桶里，背后一个软软的声音说："就放这儿，你出去吧。"

薄薄的两片嘴唇在水里翕动几下，闵僵直着身子径自往外走去。

他摘了两片树叶，贴在自己的嘴巴上——原想找两片鲜红的树叶，然而所有草叶都呈着灰白的颜色。

眼　戒

灰白的路，他便在这上面走，直走到曾家大院。厢房的门只轻轻一推便开了，除了桌上的灯火在闪耀，房间里再无别的东西活动。他静静地在一张椅子上躺坐着，许久听到蚊帐后面隐隐有人在呼吸。他拉起蚊帐，躺着的正是她，两片嘴唇忽而出现在曾经满装着水的木桶里。他低下头去，闭上眼，要亲吻木桶中的那两片唇。他的嘴仿似触着了微热的水面，然而那张脸还沉在桶底，他吸着水，脑袋在木桶里扎得更深，直到把整桶水吸干净，腹中鼓胀，再睁眼一看，桶底只是灰白的木板。她突然圆睁了眼，他浑身一颤，跳开在一旁。

她额上沁出豆大的汗粒，身子有如大火在焚烧，脸上焦干苍白，像是搽了极厚的白干粉。曾家的三儿子见到她的脸色立时便吓坏了，捏着她发烫的手，她只是说渴，灌了一大碗水下去，还是渴，又灌了一回，然而水已经回流到嘴巴里，再也喂不进去。

她呛着几口，呕出几口水在被子上，一口气缓下来才说："不知怎么就发了一场噩梦，一个灰瘦的人影在我面前，我看清他了，浑身上下没有一点肉，都是骨头——"

几个人听得都有些慌起来，曾员外仿佛也有些惊慌，但是面不改色，一面命人去城里的医馆请先生，一面命人去蒲云寺请和尚。

她哭起来，只有声音听得出是在哭，眼睛干涩，红红的没有一滴泪。

医馆的先生见了她，把了脉，摇摇头，站起来将手一拱，说："老朽医术不济，但就是另请高明，怕也是无济于事。"

蒲云寺的和尚赶来时，她的脸上已经现出死色，她看了一眼明晃晃的纸糊的窗格，偏转头去再没有动。和尚念起经来，曾家的三儿子趴在床头恸哭。

当夜洗净了身子，用白布裹了，又叫人买来一口棺材，棺底垫了纸封的柴灰，尸身抬进去，落了棺盖，缝隙处都用油浆细细刷了一遍。

## 五　夜谈

蟋蟀蹲在破屋的湿土上，湿土边的野草早已吐出嫩绿的芽。芽尖挂着一粒不知何时从屋顶漏下的水珠，闪着柴火的光。大踏步走进来的人顿在门口，抖着身上的雨水，蟋蟀早已见惯了进出的人，并不跳开避让，只是静静蹲着。

木桥低矮，一天的大雨将这过岸的唯一道路沉在一片浑浊的流水中，要过岸的人便只得等水消去，露出桥板。

他们围着火堆，独自不肯阖眼，尽是些生脸，惧怕眼前坐的这些人合伙将自己的钱物谋去。话资一茬接一茬地从取暖的人嘴里说出来，就有人谈到先前这条小河，之前并不这般小，那时候还有人在这里撑着渡船。渡头有一块大石，石头有一只小孔，刚巧够一只手摸进去，每次过河都能不多不少摸出几文往返的船钱。手大的人摸不进，硬摸进去要在里面卡上半天才能将手拿出来。平日刻文凿碑的石匠讲，不如把孔凿大些，这一凿里面便什么也摸不出来了。时日流逝，冲刷来的沙石将河填得越发窄小矮浅。

带酒的人将陶壶煨在火旁，热了取出来先自己喝了几口，这才分给在座的人。酒壶传了一圈儿，又有人拿出一包炒花生，一把把抓了给别人。寒气消退了一点儿，为了拉话，各自听过的传奇异闻也都抢着讲。

里面一个穿蓑衣戴斗篷的人，慢慢解下蓑衣，将斗篷挂在背后的木叉上，又默坐在先前坐着的一截木头上，火烘着自己的粗麻衣服，蒸腾起热的湿气。他听得有些发烦，搔着头皮，仿佛掐住了一只虱子，手指一捻，将它弹进火堆里，嘴里咕哝着："这些也都稀松平常。"

说的人就停下来，歪下脑袋瞧向他，说："不妨讲讲。"

他吸足一口气，又吐出来，说："原本我是有个好营生的，也用不着挤在这里等雨过桥，不料东家出了一点事故，那里是无论如何也不能再待下去了，只好投了别的去处胡乱混一口饭吃。

"我先前的东家姓曾，祖上传下好大的家业，这人就心念祖恩，修葺祠堂，将先祖的牌位上上下下齐整供着，每年都要到蒲云寺定制一坛香油用来祭祀，这香油蒲云寺一年就做那么一坛，据说这油是和尚诵过经的。"

那人冷笑一声，又说："想必是他先祖挣下那份家业用的手段就不怎么干净。曾家有一个专门看管这油的伙计，这人嘴巴也好吃，将那香油偷吃得干净。你想，这还了得，曾家便给了知府一些好处，判他一个刑斩。"

有人插话问："他家人不去告状？"

"那伙计家里就一个阿婆，又能闹到哪里去，便是尸体也不曾收着。砍掉他的脑袋，曾员外要去了尸身头颅，要我们丢在大锅里熬。"

那人忽然闭住眼睛，胃里隐隐有一股腥气往喉咙里涌，手贴着肚子，上下抚着，直待缓下来时才继续说："直炸得只剩骨头，那骨架起先在锅子里还是黄白色的，捞出来片刻工夫就黑乎乎的了。油装了足足一大桶。

"后来的事也就不怎么奇怪了。"

几个人就问："后来怎样？"

"真是惨烈，曾员外只说肚子里有火在烧，滚倒在地上，可是谁也见不到那火，把他抬进浴桶里泡，没过多久浴桶里的水都蒸起热汽来了，上面浮着厚厚一层油花。"

## 六　哭灯

曾员外入木时几个子女脸色哀戚，扶棺哭着，和尚诵经超度的声音他听得烦躁。一切都沉在大的虚空之中，灯火增减不了屋内的光亮，白的蜡烛发着白的光，熔在白纸糊的灵台前。囥对灰黑的颜色十分厌倦。父亲的竹刀已经生锈，他在磨刀石上磨得发亮。

他捏着竹刀坐在山坳口，背后传来了仿佛来自阴间的声音。一个妇女背着婴儿站在他面前，拢了拢几绺汗水黏着的头发，在他面前嘴巴张合着。

"砍柴的后生，去鸿林村走哪条路？"

这声音过了许久才讲到他耳朵里，他木然朝左边的一条路指着，那妇女道了一声谢，背着孩子走了过去。妇女的脖颈随着走姿的摇摆，肌肤竟然闪现出一片红润的色泽。他的眼盯着，看着那条空空的灰白山道。他仿佛明白了父亲为何对于斩杀人的脑袋如此着迷了，也许不是。

他游进城里的一家酒楼，酒楼的房间当中点着长长的蜡烛，发着白色的光，将一切物件照得发白，那歌女在他面前弹着琵琶，脸上仿佛敷了一层厚重的白色脂粉，似一尊活动的石膏人像。

"你的脸白得发白。"他抚摸着她的脸。

歌女说："这首曲子弹得可还好？"

他说："好。曲子在我的身子里来回穿着，要好久才绕得出去。"

歌女掩了嘴笑说："在你的身子里来回穿着。"

歌女搂了他的腰，在腰间触着了一块冷而硬的长物，"啊"了一声，抽出手，右手中指放在嘴里吮吸着。

"流血了，你带的可是一把刀？"

"把手让我看看。"

歌女的手指溢出的是黑色的血，他颇为失望。

"连血都是黑色的，我想看你的脖子。"

歌女受了惊吓，退了几步，顺势吹熄了桌上的蜡烛。闵从腹中拿出那盏油灯，摁着她，在她后颈上照着，那里透着红润的颜色。他猜想父亲当年砍杀兵士的情景，眼前的红色就藏在这后颈的皮肉之下，那刽子手千百次砍杀犯人头颅的吆喝声从他空洞的腹腔中不自觉地发了出来。红色的血溅在灯芯上，火苗燃得更旺了。闵在椅子上坐着，房间里完全寂静下来，身子一点一点冷下去，那油灯的火极速闪耀着，他的眼也极速眨着，他强撑着眼皮，挤榨得眼泪就要流出。

他回想起父亲获斩的当夜，在暗白的月影里，贼党的身首被胡乱丢弃在一处荒丘上，他用竹棍拨着一颗颗头颅，在一株松树旁翻到了父亲的脸。尸身都穿着一色衣服，识辨不出，奶奶只得用白布裹了儿子的头，提着一径往城外的家中走。

黄莹莹的灯照出神龛，照白了桌上裹着父亲头颅的布，他跪在地上，奶奶说："你爹死得这般作孽，你要记得牢实，万不能再学他，要老老实实听话——你哭下你爹吧。"

"爹——"

他揉了几回肿着的眼眶，眼睛干涩，奶奶说："你哭呀，你要哭出声来才是！"

# 比试之前

## 一 试剑

天气甚热,午后才稍微有一点风。这大荒岭上,平日不时总有脚夫路过,挑一些消暑水果到城里边去卖。按理说今天也不该例外,但是等的人已经汗流浃背,竹筒带的水也已喝干,却还不见有人上来。他可不是要买果子解渴,而是要将过路人击杀于此,为的是给手中的剑喂血,以消除比试之前的不安。

身为酉阳剑馆的学员,王宝央可谓剑术超群,但范围只限于剑馆陪练的一众师兄弟,比试起来,大家都是点到为止。两年一度的各路剑馆之间的比试较量就要开始了,虽说是以木棍比试,但往年也有不少收不住手的,一棍子下去,击住对手的命门,丢了性命的也不是没有。王宝央对自己剑术的轻重有些掂量不清，比试前几日，去了老师的卧房，寻求一些经验。

老师，也是剑馆的馆主，他沏了两杯茶，一杯推给王宝央，另一杯捏在自己手中转，他说："宝央，你不用怕，尽力比下去就是。""但是老师……"王宝央不知该怎么接话，老师站起身，将挂在壁上的剑摘下来，抽出一截钢刃，说："这把剑跟了我二十年，"他用手指抚着上面的一些细小缺口说："要说比它好的剑，市面上大把的，但是唯独这把剑才能给我必胜的信心。二十年前，我在辰州，第一次用它斩杀了一个匪首，嗜血之剑，才能消除持剑人内心的恐惧，往后你出了剑馆，自然会明白这个道理。"

王宝央坐在大荒岭上，默念着"嗜血之剑"，眼睛看着两处过道。他不敢在闹市中无故将路人击杀，只得在这荒岭上，寻一个挑夫，将他暗暗杀了，弃在崖下，怕是野狗山鸟将挑夫的腐肉吃完，也没人会发现。

一阵大风吹过，山脚下响起一个男人的歌声，王宝央倚靠在一棵树下，把遮阳的草帽往上正了，听那歌声越来越亮，他左手捏紧了藏在背后的剑。唱歌的人支着一根油得发亮的竹拐杖，挎着藏青色包袱，穿着一双草鞋，到了大荒岭上，见树下靠着一个人，像是在休憩，怕自己的歌声扰到别人，就停了口，正要往山下的岔路走去，听见背后"喂"了一声,他笑嘻嘻地转过头,指着自己的脸,说:"叫我?有事?"

王宝央从树下起了身,迅速抽出剑,刺向他。他大为惊骇,扬起手中的竹拐杖,隔开了王宝央的剑,反手在王宝央后脖颈用力一击,这突如其来的变化,王宝央完全没有预料到,想不到一个过路人,竟然有这般身手。王宝央磕在地上,被路人用脚按住了持剑的手,另一只脚踩住了他的头,丝毫不能动弹。

"你何故要杀我?"

王宝央嘴里进了一些泥,什么话也不愿意说,那人说:"你此番不说,我便卸了你的剑,将你绑了,押到城里,咱们让官府来审一审。"被人五花大绑押到衙门,实在有些丢脸,怕是日后也没有颜面留在剑馆了。王宝央说:"试剑!"

"试剑?"那人一听更为来气,"倘若今天来的是一个农人,怕是现在已经成了你的剑下亡灵了!我就算把你杀了,这荒山野岭的也没人知道。我不杀你,但是要让你长一些记性!"他从竹杖中抽出一把长剑,在王宝央的脸上画了一个叉,随后收起剑,松开了脚,朝大荒岭下走去,又大声唱起了歌。歌声远到听不见,王宝央才从地上爬起来,拍了拍身上的灰尘,手在脸颊上一抹,递在眼前一看，红红的湿了一大片，他用剑割了一圈裤管，缚在自己的脸上，改由另外一条小道下大荒岭。

他没有回剑馆的宿舍，到街上找了一家药铺擦洗伤口，敷了创伤药，邻近找了一个地方住了下来。

这里的人把旅馆叫歇铺。歇铺里平常住的都是些江湖贩子，今天住的都是些带剑的武人，想必都是为了明天的比试而来此投宿。时候尚早，大家都聚在一楼食堂吃茶，食堂没有空座，王宝央同几位武人坐在一起，叫了一壶茶，一只焖鸡。同座的几位见王宝央也带着剑，便问："兄弟也是参加明日的比试吗？"王宝央应了一句："是的。"小二很快上了吃食，王宝央便自顾自吃了起来。同座的几个人叙说起来，聊到明日的评委，当中的一个人说："听说竹骨剑柳植也来了，还是这次比试的主席。"另一个说："啊，请他来裁判，大家自然都是服气的。"

王宝央未在江湖上行走过，各路剑术宗师或者大家的名号，知道得极少，然而竹骨剑这三个字，让他莫名惧怕起来，大荒岭上的那个路人，使的正是一把竹骨剑。他停下，问起："我孤陋寡闻，想问下，这位竹骨剑，他用的剑是什么样子？"

对坐的人开口说道："就是一把竹骨剑，剑身细长，插在一截竹子里，不知道的人还以为是根竹拐杖呢。"

眼　戒

王宝央心里暗暗叫苦，八九不离十，这位裁判主席就是今日在大荒岭上撞见的那个路人。如果明日参赛，定会被他认出，试剑的事，怕是也要被他当众揭露出来。以过路的农人来试剑，这事传出去，众人不免讥笑，自己也没有颜面再留在剑馆，而且这两年一届的名额，也是自己费力争取的，如果跟老师说不去了，要临阵换人，怕是老师那边也不会答应，还要问出个所以然来。

他低头冥思苦想，抬眼一看，同座的几个人在那里嬉皮笑脸地闲聊，一路点评各大剑馆的名手，五分佩服中又夹杂五分讥诮。王宝央心想，这几个人，倘若现在激他们一番，将自己一顿打，挨些皮肉之苦，那明日的比赛有了身体不适的借口，便可推给别的师兄弟，就算老师怪罪下来，也只是个不识大体。他卷起袖子，将拳头在桌上大力一拍，几个同座人惊了一跳，王宝央说："好傲的口气，吹牛皮倒是厉害，要真有本事，你们几个就跟我到外面比画比画，不说单打独斗，你们几个一块儿上！"

众目睽睽之下，几个人碰到这般挑衅，虽不知王宝央的实力，但胜在人多，内中一个也就大胆应道："也好，在这店里比画，我还怕砸了店家东西。"

大伙簇拥着王宝央一行人，在店外寻了一块空地，围了一个圈儿，像集市看耍猴的一样。几个人抽了剑，王宝央却将剑置在地上，伸长手臂，拳头紧握，说："咱们就以拳代剑，不致闹出人命吃官司。"几个人脸对脸看几眼，同意了王宝央的要求。赤手空拳的比试，没剑打底，王宝央很快被打得鼻青脸肿倒在地上，一个人踩住他的头，犹如白日在大荒岭上竹骨剑对自己的羞辱。王宝央说："败就败了，怎的还要踩我头？"那人说："给你长长记性！"王宝央听到这句话，顺手就将旁边地上的剑抽了出来。剑在王宝央的手上打了一个转，那人哀号着抬起脚，抱着自己受伤的脚，单脚在地上像只醉酒公鸡一样，跳了几步便倒在地上，另外的同伙立即散开去找剑，几个人手持钢剑，困住王宝央，里面一个人说："各路英雄今天给我们做个见证，说要比拳是这小子挑的头，动剑也是他先起的手，待会儿出了人命，闹到官府衙门，还请你们一起去说几句话，末了，今天这饭钱房费咱们几个凑了给大伙出。"

围观的众人应一声好，都往后退一圈儿，留出的空地比之前足足大一倍。王宝央将剑支在地上，说："原本我想在大荒岭试剑，为的就是不吃官司，今天这官司看来吃定了，剑馆也是待不下去了，那就拿你们几个试剑吧。"

众人只见王宝央迅速地在几个人当中穿来走去，收剑时他已经冲出了人群，牵了歇铺外正在马槽吃料草的一匹黑马，跨上去一溜烟儿跑远了。先前打斗的几个人个个双手捂住喉咙，躺在地上，血从嘴巴里呛了出来。一个本城的武人说："刚才那个人我认得，你们谁去衙门，把官差请过来，另外谁把酉阳剑馆的馆主叫过来，就说他的学生闹出人命了。"

## 二 偷窃

各大剑馆商议下来，这届学生比试，请竹骨剑柳植前去主持。柳植少年时代曾随乡人外出乞讨，撑一根竹拐杖翻山越岭，四处行走。

柳植二十一岁那年，在辰县一个人乞讨。辰县前一年大水洪涝，大部分农人田中的稻子刚抽穗，就被大水卷得一株不剩。第二年，洪水没来，却遇大旱，到了打谷季节，田中的稻子东一株西一株，就是这稀稀落落的稻子打下的谷子，有一半还是瘪的。叫花子到处都是，道路上时常能见到饿死的人。柳植某日夜宿破屋，同屋的还有一个行脚僧。

民众疾苦，佛道兴盛。比起叫花子，行脚僧人还能上寺庙、衙门、大户人家要饭，小户人家只要锅中还有剩余，遇见行脚僧人，往往也还舍得。那行脚僧人将钵中的饭团抓出一半分给了柳植。柳植其时饿得发晕，身上发热，吃了饭团，身子跟退烧一样，恢复了精神。俩人聊起天南地北的见闻，渐渐话题就引到真假行脚僧。至于何为真，何为假，行脚僧说，即便剃度入寺，也不见得是真行脚僧，真正的行脚僧人，是从来不碰钱的。

"有人不懂得这个，说要给我钱，我是万不会要的，又说是给寺庙的香油钱，那也是不能要的，总之是碰不得。"

行脚僧人讲起一件旧事，说是金华山的一个行脚僧，到一个太守家中去化缘。那太守常年去寺庙和住持对谈，通晓佛理。那天太守正好出门，碰见管事的拿着一个碗，碗中满满一碗白米饭。太守便问，外面有叫花子吗？管事的知道若是送饭给僧人，太守必定会准许，便说，是一个行脚僧人。太守"哦"了一声，又说，现今这年头，常有人冒充行脚僧混吃混喝，你叫几个家丁，就说吃的没有了，钱倒是有一些，给他钱，他要是收了钱，就算是真行脚僧人，收了钱那也算不得真了，给我痛打一顿，要是不收钱，再把饭给他。

大门敞开，站在门外等候的行脚僧，见管事的手中并没端着饭碗，而是捏着一些碎银子，递在自己面前说："大师来得真不凑巧，今日府上有些客人，平常吃惯了荤腥，素食都给他们吃光了，连熟饭烙饼都吃得不剩，倒是剩些鸡鸭鱼肉，给大师自然不妥当，这里有些银子，"管

眼 戒

事的指着一个方向，"不远就有卖馒头烙饼的，往那走，大师自己去买些吃的吧。"

那行脚僧人犹豫了一阵，接过银子，没走几步，只听背后有人发一声喊，几个家丁拥上前，将他一顿毒打。

柳植听行脚僧人说完，天色已经完全暗了下来，两个人席地而卧。没多久月亮破出云层，半夜窗户外布谷鸟开始在枝头声声叫唤，柳植想，现在是深秋，万物凋零，可这春耕叫唤农人下田下地种植的鸟儿，为什么会在这个季节叫唤？一定是鸟儿可怜今年农人的收成，希望老天爷再让他们种一遍，好熬过今年的寒冬。老天爷，说不定明天我就饿死了，你就可怜可怜我吧，给我一条生路。那僧人打起鼾来，这鼾声进入柳植的耳朵，在他眼前，仿佛一阵雷光电闪。

常年的饥荒摧残着柳植，只有吃饱的人才能称之为人，被饥饿折磨的，虽然还留着人的皮囊，但在柳植看来，那已经不是人了。他趁着月光，从屋外搬进一个大石头，狠狠地砸在了行脚僧人的头上，湿湿的辨不清颜色的血点溅在他的脸上，不知道过了多久，他终于跪在地上哭了起来。

柳植除掉僧人的衣服，带着僧人的行李和化缘用的钵，一路奔逃。当他听见河水的流动声时，停住脚步，将染血的僧衣放在水中清洗，一遍一遍揉着。天色发亮，柳植捡了些松枝干柴，用随身带的火石头，碰燃火苗，生起火来，烘烤衣服。僧衣蒸腾起热汽，没多久便干了。他摸了一把自己长长的头发，身上没有带剃刀。他抽出一根燃着的棍子，点燃头发，龇牙咧嘴，任火在头上烧，到最后怕头皮烧起水泡，影响化缘，就一头扎进了水中。他换上僧衣，四处化缘，也遇到过要给钱的，柳植怕被人识出是个假僧人，从不敢收人钱财。

后来柳植拜师学艺，剑术大成，便打了一把精钢剑，刀鞘用的是特制的竹子，待到中年，名声已经在外。

柳植收到剑馆的联名请束，收拾了几件衣物，挎着一个包袱，携着竹骨剑出发了。

搭船过江，天色晚了下来，柳植下船之后，邻近找了一家歇铺住了下来。他计算时日，明日早起，雇一辆马车，日落前便可入城。歇铺邻码头，鱼龙混杂，做生意的，赶脚的，各路人等闹哄哄响了一晚，直到下半夜才渐渐没了声响，众人沉沉睡去。次日一早，又有人开始吵闹，跟着人声鼎沸，脚步声在楼道里踏来踏去地响。柳植被吵醒后，发现自己的包袱被人翻开，几件衣服被丢在地上，银子和竹骨剑已经不见，跟着店老板敲开了房间的门，伸进头来，说：“昨日咱们店里遭了毛贼，麻烦客官清点一下行李。”

眼　戒

一楼大堂里聚起人来，哭的喊的声音都有，也有只带一点财物的，盗了倒也满不在乎，坐在八仙桌上笑嘻嘻看热闹。守夜班的伙计说："今儿早上天刚蒙蒙亮，柜台上还点着蜡烛，一个男的，大概四十岁不到，挎着一个包袱，拿着一根竹拐杖出去了。我还问他，走这么早，不多睡会儿？他说白天还要赶一天的路，得早点儿走。"

老板翻起昨天客人的入住登记，挨个叫起名字核对，点名到"张遇"时，没人应声。不多时一个住客才反应过来，"啊"了一声，"张遇？一窝蜂张遇？"

大盗张遇，人称一窝蜂。

他常在各地的旅馆行窃，凡有人住的房间，每次下手都是一间不剩。众人见张遇连真名都敢留，嚣张的气焰惹得大伙咬牙切齿，既然是所谓大盗，那官府自然也没法追缴回来，大伙嚷叫着要店老板赔付，说他看守不力。

大盗张遇离开旅馆后，抄近路入城。午后他撑着竹骨剑，渐渐走到了大荒岭上。一阵凉风吹来，吹得他神清气爽，便大声唱起歌来。

## 三　买卖

两年一届的剑术比试，各路剑馆须派三名弟子参加，名额由剑馆的馆主来定。酉阳剑馆的馆主，本着公平起见，名额的选定，看学生们个人的本事，首先在内部进行了一场比试。王宝央拿了第一，陈树生拿了第四。剑馆比试选拔完，陈树生回到家中，他的妻子把挂在炕上的竹篮取了下来，揭开盖子，将篮中的几样菜端出依次摆在桌上，又舀了一碗米酒。陈树生落座后，一个人闷头夹菜吃酒。妻子见他这副样子，明白今日选拔丈夫是落在孙山之后。她自己盛了饭，挨陈树生坐着，一口菜喂进嘴里，咀嚼起来，说："今次拿了个第几？"

陈树生说："第四。"

她说："又差那么一点儿。你在剑馆已经八年，可连个出头的机会都没有，我每日早早烧火酿酒，到市集上卖，这八年的银子都给你交了学费。连谢守将都说你火候已到，还满以为这次能去比一比，拿个名次，不说开剑馆，随便找家剑馆做个教练也好过我卖酒养家。"

陈树生听着妻子的唠叨，叹一口气，说："罢了，今年学完，明年就不交那个钱了，我也陪你一块卖酒。"

妻子说："我一个人卖酒，回回都是六十斤，两个人卖酒，顶多七十斤，八年的酒，都白白让你老师吃了，也没醉死他个老头子。人家说，真本事还是要到考场考他一回，读书人中那么多有名气的，可是谁拿状元？尽是些闷头没名儿的。这回剑馆前几个都是谁？"

陈树生提到第三名王卢时，妻子想了一会儿，说："这人怎的还留在剑馆，记得上届是去参加比试了的。"陈树生说："听说他是要留在剑馆做个教练，老师还没定下来。"妻子说："那你这件事说不定还能办下来。"陈树生问："办什么？"

妻子放下碗，从房里取出一个木盒子，摆在桌上说："我爹上次来，带了些银子，说留给你做本钱，弄个好营生做。"陈树生说："你爹几时来的，我怎的没见过？"妻子说："我爹那个人你也知道，对你一直有意见，来了留他吃饭，他说自己下馆子，放了钱就走了。"她把盒子打开，亮在丈夫眼前，说："王卢既然不是为了名次就好办，把这银子匀一些出来，让他把这届的名额让给你，再跟你老师说说，你在他那儿学了八年，他自个儿估计都过意不去，凡事却又要讲一个公正，我看只要王卢答应下来，再到他那儿一说，你老师肯定不会为难你。"

陈树生琢磨着，妻子的话不是没理，若是让自己顶王宝央的名额，别说王宝央不愿，老师也不会答应。但是王卢就不同，一来他已经参加过一次，二来自己和他剑术都是两个水桶一般平。妻子看出他的难处，说："我知道你放不下脸皮，我去找他说。"

王卢租的房子在城西，原本是一间杂货铺，位置有些偏僻，主人后来换了地方，这里就租给了王卢。剑馆里也有食堂和寝室，大部分学生都在剑馆吃住。王卢家在乡下，父母耕种一点田地，仓中留不下陈年谷子，每年的学费都是同乡亲借的。他一来嫌剑馆的菜贵，二来嫌大家一块儿住不清净，何况住宿的钱也不比他租的房子少。黄昏时候，在剑馆结束一天的修炼讲试，王卢用剑挑着换洗的衣服，到城外的一条小河洗澡。有一回剑馆的学生路过那条小河，见王卢拿着剑在水里戳来刺去，便在河边大声问："王卢，你在做什么？"王卢也大声说："我在练剑！"那人摸着头，想着在这水中练剑，说不定别有功效，见王卢这般勤奋，他突然佩服起来，大着声音说了两遍："下回也叫上我！"

王卢没叫任何人，他也不是在练剑，而是在逮鱼，刺一条鱼，就能省一顿晚饭钱。他用水草穿了鱼鳃，挂在剑上，回到家做了红烧鱼，没吃几口，听见门外有人敲门，王卢端碗走出去，打开门，只见一个女人站在门口，手里吊着一个小布包，那女人笑笑，说："你是酉阳剑馆的王卢吧？"王卢说："我是，你是？"女人说："我是陈树生的老婆。"王卢"哦"了一声，说："找我有什么事？"女人说："有点事，要跟你商量商量。"王卢说："那进来吧。"

她走进屋，只见一张桌子，桌子不远摆着一张床，屋里陈设简陋。王卢给她从灶房取出一把椅子，见上面被柴火熏得黑黑的，就把自己吃饭的座椅让给她，自己则坐在那把黑椅子上。王卢问："吃饭了吗？"她看着桌上碗里那条红烧鱼，说："吃过了。"王卢也不动筷子，双手撑在膝盖上，来回揉着，环眼看着自己的小房子，说："一个人住，过得简单。"她说："听陈树生说，这回剑馆比试，你拿了第三，哎，我家那不争气的。"王卢说："树生大哥的剑术不比我差，我想只是运气差一点儿。"她叹气起来，说："都学了八年了，还是没挣得一个出场的名额，这些天他回家，脸皱得跟苦瓜一样，技不如人，怨不得别人。"王卢说："还有机会。"她说："哎，他自个儿都冷气了，说学完今年，就回来和我一块去卖酒。"王卢不知怎么接话，她又说："听说上届你也去比试了？名次怎么样？"王卢说："上届去了，马马虎虎。"她说："马马虎虎就是还不错，按理说，你已经得了名次，也算出师了，怎的还要再比试一次？是对上届的名次不满意？"

王卢听这话心里有些不快，料想她是嫌自己抢了她老公的比试名额，但也并不生气，说："那倒不是，我怕是再学几年，也还是一样的名次，一个人的剑术，学两年和学二十年，说不定都是一样的水平。馆主让我学完今年，明年留在馆里做个教练，今年碰巧遇到比试大赛，就在剑馆里比了一下。"

她听王卢这么说，也懒得拐弯抹角了，把手中的小包袱摊开在桌子上，说："既然这样，那你看，这个名额可否让给我家那不争气的？好了他一个心愿，馆主那边你到时候说一说，我想他老人家会体谅的。"

王卢见到这银子，已经动了八分心，但是没有立即应承下来，而是站了起来，背着手。她离开座位，突然跪在王卢眼前，哀求着，眼睛抬起来时，红了一圈。王卢赶忙扶起她，触碰到她柔软的手，心里滋生了一股奇异的羞耻感，他盯着她的脸，看了许久喉咙一鼓，说："陪我睡一次，我就答应你。"

她的眼睛睁得大大的，又紧紧闭住。

离比试还剩十天，王卢找到馆主，说要把自己的名额让给陈树生，馆主说："既是你自己的意愿，那，把陈树生叫进来吧。"

大赛前一天，陈树生很晚回到家中，回家见到自己的妻子就说："咱们馆里的王宝央今天闹出了几条人命，骑马逃跑了，官府已经派人去缉捕了。"他妻子从床上爬下来，说："你们馆里排第一那个？"陈树生说："是啊，他要是早个十来天出事，咱们就不用花那钱了。"

妻子问："那空出的名额由谁来补？"

"谁来补？"陈树生冷笑一声，"我顶王卢的名额，老师他之前没跟大伙说，他原本是要明天早上比试开始时同大家说的，可是今天王宝央出事，他却对大伙说，既然王宝央当街杀人，那明天比试空出的位置，就由第四名陈树生替补。"

妻子怔怔地问："那王卢又去了？"

陈树生气呼呼地说："那肯定要去的，这回让他白捡了一包银子。"

## 四 命丧

车夫早早就把马车停在旅馆外，许久旅馆才走出一个人，那时车夫正跷腿在马车上打盹儿，那人敲了敲大木轮子，"喂"了一声。车夫睁开眼睛，问他去哪儿，他说，进城，俩人商定了价钱，车夫的鞭子响在马屁股上。

马车渐渐到了郊区的小道上，车夫问车上的客人："早上旅馆里面闹起来了，发生了什么事？"

"店里客人的钱物被大盗一窝蜂张遇偷走了。"

"张遇？"

"你也听说过？"

前面的路上到处都是小石块，马放慢了步子，车身摇来晃去。车夫说："何止听说过，当年还碰过面，逮住过他一回。"

车上坐的人来了兴趣，说："那不妨说说。"

车夫掌握着缰绳，两眼看着前方，不紧不慢地说："那会儿我还有个官职，虽说是个下等侍卫，但好歹也是吃官家薪水的。那回我们有六个人出差……"

眼前仿佛下起了漫天大雪，天地间一片混沌，他们六个人到了一处酒家，进店后让掌柜收拾了几间房，就坐在一楼吃饭。

"我们六个人就坐那吃饭，这时候隔壁坐的一个人偷偷摸摸，剪掉了别人的褡裢，碰巧被我们几个逮了个正着，我们就问他叫什么名字，他说他叫一窝蜂张遇。"

马车上的乘客听了说："看来那时他手法还不熟练。"

车夫说："那个时候一窝蜂张遇的名号已经很响了，但我们不信眼前的这个小毛贼就是张遇。晚上我们把他用麻绳绑在一楼的大柱子上，想着第二天顺路再把这小毛贼送到当地的官府，然而当晚酒楼所有客人的财物都被洗劫一空，早上我们起床下一楼时，那个小毛贼已经没了影子，只剩几截断绳盘在柱子旁，柱子上有人用毛笔写了一行字。"

"写了一行什么字?"

柱子上几个歪歪斜斜的字:"我确是一窝蜂张遇。"

车上坐的人说:"他这是在戏弄你们呀,哎,这回连我也着了他的道。"

车夫勒住马绳,马车停了下来,问:"你也被偷了?那路费付得起吗?"车里的人说:"路费少不了你的,到了城里自然会给你。"车夫说:"你现在没银子,到了又怎么给我?"

那人庆幸自己的请柬还没被偷去,从包袱里摸出请柬递给车夫看,说:"我就是竹骨剑柳植,这次是被请去做裁判主席的。"

车夫有些将信将疑,看着上面的漆印,又不像假的。马车一路颠簸,黄昏时候,离城只剩不到二十里路时,马却踩了一个空,腿折了。两个人蹲着,观察着躺在地上的马,柳植起身说:"我看路程也不远,我们就走路去吧。"车夫说:"我的马腿刚折,现在走不了,走了把它搁这儿,夜里出来个豺狼,等我回来估计肉都不剩了。"柳植说:"那我先走,等我到了,派人来给你送钱。"柳植的一只脚正要迈出去,车夫一把将他扯住,说:"你走了,我这路费管谁要?"

两个人正在小道拉扯，远远响起马蹄声，一个人骑着一匹黑马朝他俩奔来。车夫拦在小道上摇手，马上的人近了勒住马，并没下马，一副随时要走的姿势，车夫见他背着一把剑，便说："小兄弟，竹骨剑柳植你听过吗？"

马上的人身子一颤，马也跟着哆嗦了几步。车夫手往柳植身上一指，说这位就是竹骨剑柳植先生。

马上的人看着柳植，说："听闻竹骨剑柳植有一把竹骨剑，这剑怎么不见你带？"

柳植几步走上前，抬头看着他说："昨夜头被人给偷了。"

车夫拿过柳植的请束，递给马上的年轻人，脸上堆着笑，说："错不了，你看这是各路剑馆给柳植先生的联名请束，要他去做裁判主席。我呢，是托你一件事儿，劳烦你带着这封信，进一趟城，让他们雇辆马车，带几两银子送过来，完了少不了你的路费。"

马上的年轻人捏着请束，脸色铁一样青，嘴角抽动几下，又动几下，像是在笑，自言自语地说："你是竹骨剑柳植，那今天大荒岭上我碰到的那个人，就是偷你剑的吧，他不是柳植。"

车夫和柳植只觉得马上的人脸上表情有些怪，在说话，嘴巴张张合合，车夫右手护在耳边听，一个字也没听清。

太阳发出了一天中最后的金黄色光泽,马上的年轻人亮出了剑,毫无提防的柳植眼前金光一闪,跟着就一阵发黑,等他反应过来时,一抹脖子,手上全是血。车夫被这突如其来的斩杀吓得不知所措,呆立在原地,等马上的人跑得完全没了踪迹,他才回了神,看着连路费还没给的、倒在地上的客人,以及那匹折腿的马,此刻它扬起尾巴,似乎正在驱赶试图叮咬它的蚊子。

# 沉　舟

　　我贩了药材要过河西去，雇的马车夫到了角口镇听路人谈论去河西的官路正闹土匪，无论如何也不肯运我西去，我许下大价钱他也不答应。马夫的鞭子响在马屁股上，车辙印在东去的泥路里。

　　连落了三日的雨，水流湍急，过河的船只都用结实的麻绳缚在河岸的桩上，河上见不着行船。天色已黑，我找了家邻近客栈歇息下来，只盼着窗外的雨早些时候停下，河里的水也要消得再快些才是。

　　客栈老板掌了灯，在椅子上坐着。

　　"是要过河去吧？"

　　"不知何时河上才有船。"

　　"不好说，雨落得有些古怪。楼下有新猎的野味，要不要炒上两盘？"

"竹鸡?"

"也有兔子。"

"两个都用干辣椒炒了,热上半斤米酒。"

房门推开了,进来的是一个二十来岁的妇女,她小心地把酒菜排在桌子上,并没有走,跨了几步走到窗户边。

"雨越下越大了。你是要过河去吗?"她呆滞地望着窗外黑魆魆的夜色。

"一时半会儿怕是过不去了。"我说。

"大船是不会走的,除非花高价钱雇私人的船。"

她将椅子朝我这边拉了一截,挨我坐了下来。

"我的老公,"她用长满茧子的双手托着下巴,"两年前随阿公的船去风浪滩运货,水急浪险,卷了进去,到现在身子都没见着。"

我夹了一片鸡肉,斟了一杯酒,饮了一口后,浑身燥热起来。老板提了马灯站在门口,我便要他再拿副碗筷上来。

老板拿了碗筷上来,怪怪地笑,在我耳朵边哈着气,压低了声音说:"死了老公的女人,手上的皮虽说粗了些,其他地方倒嫩得紧,荒年女人讨一口饭吃不容易,我瞧晚上就留她住上一宿吧,价钱只抵得上你这一餐饭钱。"

她替我斟着酒,自己也仰了脖子喝着,半斤米酒很快就现了底，她起身又下楼提了半瓶上来。屋子灯光暗淡，可她的脖颈、耳垂、脸上被酒染上的一层桃红却见得分明。

桌上的酒菜吃得殆尽时，她下楼用木盆端了热水上来。帕子在水中浸了一阵，又轻轻拧了会儿，替我擦拭起脸来，我说自个儿来吧，她只是笑笑，接着又把帕子浸在水中，脱下衣来，将拧干了的帕子在自己的乳房和后背上抹着。

"吃酒出了汗，抹干净了，身子也舒服些。"她说。

午夜依旧能听到雨点击打在石板和瓦皮上的声音。我拥了被子，靠着床沿，很快她也从被子里钻了出来。

"困不着吗？"她问我。

"我急着赶回去，可这雨不晓得会下到什么时候。"

"日子总是很苦，"她并没接我的话，"这条河上常常能看到饿死人的浮着的身了。你是生意人吧？"

"我也是靠贩药讨口饭吃。"

"总比我强。你能带我走吗？杂务总是会做些的，你们这些生意人，家里的妻子自然是不愿陪着你们出差受苦的。我晓得这里的一个船夫，只要多给些银两，他定会载我们过河的。我是自愿来这里的，哪日想走人，老板也不会为难我。"

东奔西走，路上有个肯吃苦的女人服侍总归是好的。

第二日结了账，我多付了客栈老板一些钱。我正打算向他说清我要带走她，他收了银子什么也没问，又去招呼新来投宿的客人。

雨终于停住了，河面上浑浊的水并没瘦下丝毫。她在沿河泊着的船中找到一艘小船，弯腰拱进了船舱。船夫同我议下价钱，比平日只贵了三倍。

船斜斜向下驶着。晚上的疲累使我的眼睛发涩，我搂紧了包袱缩着身子打起瞌睡。

一尾红色的鲤鱼从河中跃了上来，在船板上弹动着，尾巴使劲儿一掸，落到了我的肩上。它张开嘴巴，说起话来，每说一字就吐一个气泡。

"你遇到了大凶险，这女人连这船夫，是泅水的好手，预备在江心用缆绳缚住你，沉进这河里，谋了你的钱财。你看那渔夫的高大身材，你看女人双手的厚茧。"

船许是遇到了大波浪，我的身子颠离了船板，脑袋磕在挂着的箩筐上。梦中惊醒过来，睁开眼向船头望去。

"……我的老公。"

她立在船头紧挨着船夫一起掌筏，我只听到她说了这么古怪的一句。她听到后舱的响动，弓身走了进来。

"你的老公？"我说，"船夫可是你的老公？"

眼戒

她看我的眼色便怪,敛了神说:"我的老公……船夫么,是睡过几夜的。"

缆绳蛇似的蜷缩在她的脚下,她蹲下来,掂起一段,扯了扯,说:"水再大也是冲不散的,只要绑得牢实。"

只要绑得牢实。我想。她用手巾在我额上抹了一把,递在我眼前,湿了一片。她笑得也怪,说:"热吗?过了江心就不用怕了。"

大灾荒年,土匪露着尖牙,女人和船夫却画着假面目。舱中有一块宽长的木板,筐中放了尖刀,仗着这木板或许我能逃得命来,用这尖刀,能沉了木船,想她和船夫在水中挣命,必定是追不上我了。

我摸上尖刀,在后舱偷偷掘着,水开始缓慢浸上船舱,我将包袱扎了死结,又找来一根铁棍,将破洞扩得更大,大股水开始往舱里冒,我抱紧了木板从后舱跳进了湍急的河水中。

船像舞女一样左右舞动,渐渐沉入河中。她慌乱挣扎着,丝毫不习水性,我大觉意外,而她旋即便被迅疾的河水冲卷了进去,船夫朝她消失的地方极力游了过去,四处搜寻。

# 夜 话

"有一天清早醒来，我睁开眼睛，一个女人正拥着身子在我边上睡觉。"

士兵徐之里擦着枪托，四个人在一处壕沟里烧着从农户人家讨来的木炭，烘着手，暖了就在各自的脸上揉。

"我和她躺在一片青草上，一滴露水落在她的眼睛。"

另外三个士兵将枪托支在地上，双手缠在上面，撑着脸，也不怕冷，很认真地听他说。

"她睁开眼，那滴露水就渗进了她的眼角，她用手擦了擦，再睁开看我时，眼睛就明亮了很多。"

一个士兵问徐之里："你大清早醒来，就发现一个女人和你睡一块儿？"

徐之里说："是咱们部队刚来到这里的第二天早上。"

一个士兵掐着手指算起说："那是五天前了。"

徐之里说："我多希望那天是由晚上开始，而不是早上。我不敢多看她，就闭了眼睛，突然，一只软滑的手就贴在了我的脸上。"

"那一定不是附近农户人家的女人，上回讨炭的那户人家女儿的手，那手，比咱们摸枪的还糙。"

"你摸过？"

"我接炭时碰过。"

徐之里用枪托捣了下火，说："很快就听到你们集合的号子，我爬起来，她还睡在草地上，我拍了拍身上的草屑，说'我要走了'，她冲我笑了下，我也冲她笑了下，然后我就走了。"

一个士兵说："可惜了，要早些时候醒来，还能办办事。"

徐之里说："第二天晚上我又跑那儿睡，一整宿没合眼，直到早上放号也没见她再来。好了，我的故事说完了，轮到你们了。"

这支部队人不多，总共三十来个人，七八天下来，死得只剩了四个。眼下已经陷入敌军的包围，想逃出是没路的，仗着夜色，尚能多活一晚。这一晚谁都没打算睡，至于聊些什么，都说还是聊聊女人。轮到另外三个人时，大家就都闷声，隔了许久，一个士兵指着月亮，说："月亮在一点点暗去,别瞎浪费时间,大家都说起来,说起来。守承,你来说说看,你不是前些天才摸过那个送炭女人的手吗?"

张守承说:"那一双乌漆墨黑的手说起来没劲。"

四个都是年轻人,经验匮乏,要么很粗鲁地说一些没有细节的,要么从别人那里听来的,细节是有了,但到底是别人的,不能感同身受,也就不能让另外三个听的人产生幻想。

天很快亮了。大家都乌着眼,说到后来话少喉咙哑,壶里的水也不多,估着容量,一人传一人地喝。

最后一个士兵喝了一口,晃了水壶,声音很脆,知道里边剩得不多,就仰了脖子一气儿喝了,大声地打了一个嗝,用手抹了嘴巴,很久才缓过来的样子,说:"之里,就你说的那个最有味道,要是再碰见她,还能认出来不?"

徐之里低了头,说:"长什么样我可一点儿说不上来,但要是再见着,认肯定是认得出来的。"

"很好,很好,我也想见见,也想问问,这没事大早上跑野地里和你睡觉是怎么一回事。"

话没说出多久,大家都静了下来,竖着耳朵听,脚步声一排排传到壕沟,四个人站起来,前前后后都是黑洞洞的枪口。四人弃了枪,抱着头,很艰难地从沟里蹚上来,蹲在地上，之后便被反手绑了，押到了敌军的营地。

营地是一些木头搭的房子，地上有一些鸡鸭叫着走着，一个长官模样的人端着一只大碗靠在一棵枣树下吃面条，见到押来的战俘，就走上前说："怎么还逮住四个活的？枪里有子弹吗？"

负责押送的一个士兵说："有，凑一块儿还有五六十发。"

另一个士兵接话说："聊了一个晚上，我在他们上头草堆里伏着听了一个晚上，还想着等这几个人睡觉了就去报告，哪想直聊到大家排查来了，这帮人还在聊。"

长官将碗放在一块大石上，搓着手，很高兴的样子，说："哦？那你是听他们聊了一个晚上？"

士兵回答说："是的，听他们扯了一个晚上。"

长官问："都说了些什么？有什么有用的情报吗？"

士兵严肃地说："一晚上都在瞎聊，说的都是些女人。"

长官有些沮丧，摸摸下巴，说："人之将死，其话也无聊。"

士兵没出声，隔了一阵子，说："不过，有个人聊到了一个女人，我看很有可能是咱们部队的。"

长官问："都是怎么聊的？"

士兵说:"说在九号那天早上,他们当中一个人,在野草地里睡了一个手非常细嫩的年轻女人,这方圆二十里就一户种田的人家,手不会细,他们也说了。"

长官说:"你是说咱们的通信兵和敌军的一个士兵睡了一觉?"

士兵说:"方圆二十里,就只她一个人的手嫩。"

长官没再问士兵,扫了一眼四个敌军战俘,说:"是谁说和女人在野草地里睡了一觉?"

徐之里站出来,说:"是我。"

长官说:"人之将死,其言也真,说,和你睡觉的那个女人长什么样?"

徐之里看了看另外三个战友,大家都很期待的样子,他犹豫了一阵,说:"长得很漂亮。"

长官问:"哦,是吗?还认得出来吗?"

徐之里说:"认得出来。"

"很好。"

长官叫人去喊通讯员过来,徐之里的三个战友都大睁着眼睛,想看看这个女人长什么样,徐之里也圆睁着眼睛,想看看叫来的是一个长什么样的女人。通讯员走来时,三个战友都觉得徐之里没亏。

通讯员发现大家都在很奇怪地看她,便问:"叫我来什么事？"

长官说："没事我还不能叫你来了？"他转眼看向徐之里问："是这个女人吗？"

徐之里看得很入迷，女人很冷地看着他。徐之里点了点头，说："是这个女人和我睡了。"

徐之里的三个战友听到他这么一说，都微微张着嘴巴，脸上换了表情，与其说是羡慕，不如说是嫉妒。

当然至于为什么要在九日那天早晨跑去野草地里和一个敌军的士兵睡觉，这事徐之里说不上来，当时也没能从这位女通讯员嘴里问出来，并且她否认自己和徐之里睡了一觉，但是关于九日那天早晨她为什么很早就出去，她说是营地水缸的水太脏，她去河边找清水梳洗——反正这话已经不重要了，因为长官很草率地摸出手枪将她打倒在地，又向徐之里开了一枪，徐之里晃了几下，最后倒在了这位女通讯员身上，张着手，像搂着她在睡觉一样。

# 捉鬼记

冯大旱在庸凌山上学道七年,学的是捉鬼除魔的本事。除了捉鬼除魔,他不会别的手艺。这门本事早在五年前就已经学会,但山上清闲无忧,吃喝都有,他就一直赖着不肯下山去谋生计。教他本事的人已经不耐烦了,说别的徒弟都下山捉鬼去挣钱了,你也该走了,再不走,咱们就断绝师徒关系吧。

冯大旱见师父连这样的话都说了,也就不得不走了。他到了城里,先是什么也没干,在客栈里睡了几天,逛了许多条街,把师父送的一点路费花完了,才想到要去捉鬼挣钱。

先是在街上摆了一个摊,用纸写了价格,一只鬼一两银子,但是人们除了看几眼他的摊子,别的什么都没问。

饿了一天过后,冯大旱一生气把摊子踢了,挨家挨户去敲门。

"你家有鬼吗?"

"你家才有鬼!"

此地似乎不闹鬼,见到冯大旱,开门的人都觉得晦气。哪里有鬼,听说南北武馆闹鬼,前些天武馆的人都被人杀了,尸首停了十几口棺材,让一个瞎眼的老头负责看守。明眼人不敢,眼瞎的人看不见,也就不怎么怕了。

冯大旱去了南北武馆,但路上又在想,即便那里有鬼,捉了又该找谁要钱?他也没想那么多,既然闹鬼,就有怕鬼的人,大不了捉一只鬼只收一天饭钱。

到了南北武馆,棺材在大堂满满摆着,瞎眼的老头听见有脚步声,就问:"是谁?"

冯大旱说:"捉鬼的。"

老头说:"这里只有死人,没有鬼。"

冯大旱确实没见到鬼的踪迹,就说:"他们被仇家杀了,闹鬼只是早晚的事。"边说着就边用眼睛找地方坐。

老头说:"鬼是没人要你捉的,但你可在这里陪我聊聊天,钱是没有的,只管饭菜,我叫别人多送一份就是。"

冯大旱想着,罢了,捉不捉鬼什么的已经不重要了,有吃的就成。

"也好,反正我也没地方落脚。"

眼 戒

到了晚饭时候，送饭菜的人在外面远远叫喊着："张瞎子，出来取饭菜！"

瞎老头走出去，拿了篮子，跟送饭的人说："我找了个能捉鬼的人镇在这里，往后只要多送一个人的饭菜就行。"

送饭的人伸着脖子往里看，瞎老头发了一声喊，冯大旱就走出来让他见识。

送饭的人看着冯大旱，说："你会捉鬼？"

冯大旱说："专业捉鬼，可惜鬼还没出来，不然露两手，让你开开眼。"

送饭的人说："得，我可不想活见鬼，饭菜明天我再多加一份，今天是不成了。"

一份饭，冯大旱说饿了一天，瞎老头就让给他一半，两个人分着吃了。

到了晚上，一盏油灯亮着，两个人躺在地上的草席上。瞎老头说："你既然会捉鬼，那么你说，我眼睛瞎了，还能见到鬼怪吗？"

冯大旱说："能见到，眼睛瞎了也能见到。"

瞎老头不说话。过了一阵子，瞎老头说："我这双眼睛打小时候就瞎了，几十年来，能见到的只是一片漆黑。要是真有鬼，你就让我见见，也算是能看看东西了。"

冯大旱说:"放心,鬼在人前现形,是不用人的眼睛来看的,你要是能见到人,就一定是鬼了。你只要睁着眼睛,他们根本不知道你瞎没瞎。"

到了后半夜,门外响起一阵敲门声,瞎老头推醒了冯大旱,细声说:"这大半夜的有人跑这里来敲门,你说该不会真是鬼吧?"

冯大旱吸着鼻子,说:"像,又不怎么像,难道是我学艺不精?"

瞎老头很兴奋的样子,说:"让我去开门,要真能见到脏东西,我这几十年也就没白瞎。"

瞎老头睁着眼睛打开了门,一片红光露在眼前,一个白衣女子提着灯笼候在门外。瞎老头高兴得几乎要叫出声来,几十年不见东西,眼下终于见到了,但是他很快抑制住了兴奋。外面有大雨的声音。

"外面好大的雨,姑娘是来避雨的吧?房子里有十来口棺材,但是人死灯灭,姑娘不要怕。再就是两个人,都是安分老实的。"

那女子想不到老头先开了口,也就没说什么,跟着他进了大堂。瞎老头对大堂的环境早已经摸得熟悉,极力装着一副眼睛没瞎的样子。他将冯大旱拉到远处,附在他耳边说:"这个女人必定是一只鬼了,连我这个瞎子都能见到，"他叹一口气，用袖管擦着眼睛说："总算是开眼了。"

冯大旱拍了拍他的肩膀，有安慰他的意思，自己也跟着叹了一口气。瞎老头又说："你就当可怜我，只要她不害咱们，你就装作不知道，让我多看一阵算一阵。"

冯大旱说："只要她不害咱们，我绝不挑破。"

两人就走进大堂，在女子身边坐下，瞎老头眼睛一直没离开过她，又向她问了许多的废话，一直说个不停。

便在这时候，屋外又响起一阵敲门声。瞎老头心想，今夜真是走运，难道又来了一只鬼？但是开门后什么也没见到，只听见一声："阿弥陀佛。"

原来是一个和尚前来避雨，瞎老头有心吓走他，说："和尚，一屋子都是死人，我看你还是去别的地方吧。"

那和尚抢进来，说："人死如灯灭，又打什么紧？"

说完就自己往里走，一直走到冯大旱和女子身边，找了块木板，盘腿坐了，瞎老头一肚子的不高兴，闷着气坐在先前的位置。

这和尚怪看着那位白衣女子，又转眼看向冯大旱和瞎老头，说："算是我来得及时，你俩遇到了一个大劫难，却还不知。"

瞎老头想，这和尚居然也有识鬼的本事，真是哪壶不开提哪壶。瞎老头说："和尚，什么劫难不劫难，遇见你这个光头,才叫劫难。"

那和尚并没有生气的意思,而是笑着说:"施主肉眼凡胎,不能看破,也不怪你。究竟我是劫难,还是你俩的救星,待会儿便能分晓了。"他转眼盯着白衣女子,看得她极不自在。和尚说:"这个女人你俩不觉得怪吗?"

冯大旱和瞎老头现在都想撵走这个多话的和尚,瞎老头说:"怪什么怪。雨住了,你赶紧走吧。"

外面已经没了雨声。和尚说:"我要走,也得等收拾了她再走。"

那女子说:"你这个和尚也真是让人讨厌!"

突然,十来口棺材开始震动,许多死尸从里面爬出来。白衣女子提着红灯笼,说:"红光照处,这些死尸就见不到你们——和尚,你那么有本事,就不要躲在红光下。"

女子和冯大旱还有瞎老头远远避着,拥在红光里,死尸真的视而不见,把攻击都用在和尚一个人身上。和尚斗得大汗淋漓,却见他们三个很悠闲地坐着观看,气得骂了一句,行李也顾不得拿,就奔到外面逃走了。

很快死尸安定下来,又都回到棺材。

女子言明自己是一只鬼,冯大旱和瞎老头都没说话。雨早已经住了,女子告别走后,瞎老头陷在了深深的忧郁当中，直到天亮，他都没睡觉。冯大旱看着地上和尚遗留的包袱，里面僧衣、佛珠都有，他捡起来，穿在自己的身上，跟瞎老头说："听那个女子说尹州城里兵戈大动，死了许多人，游鬼横行，但就是那样的地方，却没一个人要捉鬼。我想是鬼太多，人们不再害怕鬼了。她不是说那里和尚十分受欢迎吗，大家都在找和尚诵经超度，安慰亡灵和自己，我如今要以和尚的名义去那边混饭吃去了。老张，你好好保重。"

冯大旱穿着僧衣，刚走出几步，张瞎子突然扯住他，哀求着说："既然尹州城里游鬼横行，那你就带我一块儿去那边见识见识吧。我想大晚上的这些鬼都在街上走，肯定十分热闹，就跟逛街一样。"

# 说　书

　　我的衣服被木刺扯破了一块皮,可是母亲并没给我缝补。我走在大街上,手摁着破处,时时留意别人的目光。没人注意我,他们都迈着大步急匆匆地走。挑大萝卜的人把担子卸下来,沿街摆了蹲在那,我只是看了一眼他头上黏着的那根稻草,就又低下头往前面走。

　　我和往常一样走进茶铺,铺子里这时候已经坐满了人,没人我也不会在椅子上坐,我的身上从来攒不出一枚铜板。人家有热茶吃,我有水喝。我家的葫芦棚架结了许多葫芦,我从许多挂着的葫芦里挑了一个小的,要母亲给我留着,不要摘吃它。它干的时候我把里面掏得干净,放了水,用小木塞封了嘴,搓了一根绳系住它,随身挂着。

　　说书的老者端起茶杯,抿一口,放下来,又把烟杆点着了,吐出一大口烟来,烟慢慢浮上去,过了头顶散开来。

我解下葫芦,喝了一口水。说书的老先生说:"广州府在座的列位可有人去过?"

底下的人把头一摇,老先生一笑,把手指着茶铺外的一棵大枫树,说:"日出为东,广州府在南,便是我指的那个地方。"

坐着的人都起了身,伸长了脖子往大枫树的地方看,老先生一笑,伸出手掌往下压了几下,站着的人便又坐下来。老先生说:"咱这么瞅着是见不到广州府的,目力不及,要去那广州府,路途艰难险阻,先要骑驴走山道,再搭船行水路,没半月工夫是到不了的。今儿要讲的便是崇德年间广州府尹的一则旧闻。

"广州府有一个叫陈有三的,这一日他贩了药材要去邻县发卖,时间压得紧迫,路上也不敢多作逗留。走到大砂墩,天色已晚,那地方是周圆见不着村店的。月光白亮,乱石散列的地方横七竖八发着几道灰白的光。"

老先生顿了一下,问:"列位,你们可有人知晓那几道白光是由哪般物件发出的吗?"

听的人中便发出一句话来,说:"莫非是白骨?"

老先生把扇子一拢,说:"不错,正是一堆白骨!这陈有三上前一看，起了一身栗，不多时又稳下心来，你想这陈有三本是个生意人家，走南闯北，夜路不知走过多少回，兵祸战乱、大灾荒年，路上死几个人那也是见得惯常的事。偏巧这时候又刮了一阵冷风，白骨旁的几株野草也怕冷似的抖起来。陈有三脱了身上的一件白披挂，盖在白骨上。

"走出大砂墩，几点灯火亮在前头。背后忽然有人拍了他的肩。陈有三回头一看，一个穿白衣的中年人正对着他笑，那人把手一拱，道一声问候，说，兄台这是要去哪里？陈有三还了一个礼，说去增城卖一点货物。那人就又说，前面便是酒家，不如饮两杯再上路。

"俩人便在酒家坐下来，点了酒菜吃起来。末了，白衣人从袖子里抽出一封书来，说，兄弟既是去增城，那再麻烦你跑一段路，把这封家书送到朱村街的朱齐正家，他们看了信，自会明白。这陈有二是个心肠极热的人，当下便应下来。两人双双走出店来，拱手作别，临别时那白衣人附在陈有三耳朵边说，莫走水路，切记切记。

"不消多话，走到码头，天已曙白，正有一艘船泊在那儿，船夫却是个手细皮嫩的女子，一脸媚笑地招呼着他上船，陈有三踏上一只脚，忽而记起白衣人的话来——莫走水路。列位可作一番计算，这水路比起马道来，要省下一大程路，换作各位，是搭船还是坐车？"

我们听出了什么，这船肯定藏着什么古怪，我也跟着他们大声喝起来，说："马道！马道！"

说书的老先生又只是一笑，继续讲起来："这陈有三心下想来，路上那位兄长看模样是个厚实人，定然不会捉弄我，既然劝我莫走水路，必有他的一番道理。也正是这一念想，他缩回脚。那船离江没多远，陈有三听到身后一片哭声，他回转头来看，江上的船只见到一只桅杆插在水上，不消片刻工夫，连桅杆也沉进江中，便是什么也见不着了，只剩一片灰雾笼在江上。

"陈有三心下大骇，擦了冷汗，对那位白衣人着实感激，摸了胸口的书信，紧紧地还贴在那里，也不顾自个儿的生意，雇了马车，一径往增城朱村街奔去。

"到得朱村街，寻到朱齐正的家后，敲了门，里面钻出一个脑袋来，陈有三便问，朱齐正家可是这里？那人看了一眼陈有三，便说，正是此地，不知有何贵干？陈有三掏出书信，见那信封上写着几个骨瘦的黑字：儿，朱齐正启。

"跟着就有一个三十来岁的人迎出来，忙请他里面上坐，又叫人沏茶伺候。那人陪坐下来，问他，兄弟是在哪里见到家父的？陈有三道，出广州大砂墩的路上逢着了就一起喝了杯酒。那人道，家父三年前往广州做生意，一直不得他的消息，这回真是有劳兄长了。

"朱齐正拆开信来，看了几行，脸色大变，急忙往内堂奔去。陈有三啜了几口茶，便忽听得内堂震天动地哭起来。

"列位，可知晓那家书上写着什么？那家书便是白衣人死魂所述，将自己三年前过广州做生意如何为生意伙伴所谋害、凶犯何人一俱写得清楚明白。

"这桩官司原本是个痛头案，死魂的言辞律例上可没作规定准予采纳，闹到广州知府处，辨识书信笔迹，正是朱齐正的父亲所写。这桩命案到了广州知府手里却也并不棘手，这知府非比寻常官宦，因审了多桩冤案，刚直不阿，升作城隍都爷，是个日审阳夜断阴的人物。知府差人缉拿凶犯问话时，不曾料想，那凶犯却于两月前害了一场瘆病死了。"

说书先生把扇子往桌子上一拍，站起来，说："今儿个就说到这里，要听那知府如何夜审这桩阴案，明日咱再聚茶铺，听我一一道来。"

我们都没有拍掌。吃茶的人走了一些，剩下来的三三两两围坐在一起，吃着花生米，聊起天来。我从茶铺走出来，站在大枫树的位置往南看去，什么也看不到，只有青山连着灰山。我慢悠悠地往家走,街上卖萝卜的人担子中的萝卜已经少了一大半,头上的那根稻草也不知道什么时候丢掉了。

# 鬼　宴

饥荒年代经常有饿死人的,饿得快死时总想弄一口吃的,好吃饱了上路,可吃饱了人还会饿死吗？自然不会,饥荒年代,人死时总是空着肚子的。

大岚寺上,有一个行鬼宴的和尚。食鬼宴的人自然还是会饿死,但临死之际却又自觉大餐了一顿。食鬼宴的人算是异类,是些吃饱了的饿死人,还有什么比饿死之前大吃一顿的好呢？食完鬼宴,不论你还能撑着多久,还能否盼来一斗大米撑过荒年,这些都没法设想了,总之,食完鬼宴人就得死。

有一天,黄昏薄暮,和尚下了大岚山,走了几里路,天已黑得看不清路,此时前方露出了几点明晃晃的光,他循光磕磕绊绊摸黑走去,进了一户人家里。屋中只见一盏油灯,油灯照耀下,才隐隐约约看清床上躺着一个老人,板凳上偎着一对夫妇,一个两岁的孩童仰躺在摇篮里。和尚进来,这家人也只是很安静地躺坐着。

和尚拨弄了一下灯芯,屋子明亮了许多,那对夫妇终于睁开眼睛,很快又闭上,不多时又缓缓睁了开来,空洞地望着眼前的这个和尚。

"大师,"男人说,"化缘上别处去吧,咱家一屋子都是快要饿死的人了。"那男人看了一眼自己的妻子,又转眼看了一眼床上的老父亲,最后目光落在地上的孩童身上。

和尚拢了袖子,"不是来化缘,只是借宿一宿。"他走了几步,到了床边,摸着老人的手,像拎着一截枯柴,"怕是熬不过今夜了。"

那老人睁开眼,和尚低下头来附在他耳边说:"想不想吃?"

老人张开嘴巴,动了几下。和尚立起身子,说:"我就是那个大岚寺里专行鬼宴的和尚。"

老人突然打了一个嗝,声音低沉得像是由坛子里荡出来一样:"再好不过了,就是食鬼宴,我也没力气爬到大岚寺去了,你来得正好,就送我这一餐吧。"

和尚看着那对夫妇,那夫妇慢慢从凳子上支起身子,挪到床边,说:"就让我爹吃这一吃。"

眼 戒

和尚点点头，摸着老人的手，念起经文来。渐渐地，那老人嘴巴咀嚼起来，仿佛正吃着什么，喉咙一胀，好似咽下了大块的肉。

他的儿子见了这番景象，突然握住父亲的手，问："爹，你吃着了吗？"

老人闭着眼睛，脸色红润，声音断断续续从喉咙里发出来，又像被吞下的食物挤进了肚子，说："吃着了，满大桌，好多肉——"

女人的眼睛也放出光来，问："爹，桌上都摆着些什么吃的？"

老人嘴巴停住了，眼睛睁了开来，像是在屋子里搜寻什么。

"有鱼，有肉，有大锅熬过的骨头。"

老人说完，黑黄的牙齿像是在撕咬什么，紧跟着嘴巴又咀嚼起来。

不知过了多久，终于，老人打了一个饱嗝，嘴巴合拢，脸上先前的红润之色消失殆尽，渐渐现出死色来，屋子又沉沉地陷在一片死寂当中。

屋子里什么都是静的，除了灯焰偶尔的闪动。男人嘴里嘟囔了两声"鬼宴"之后，气若游丝，什么也听不见了。和尚吸一口气，摸着男人的手，正发着热，人饿死之前就是发热,热一过,人就死。他念起经文,行起鬼宴来。

"我见到了,"他的声音渐渐大起来,"什么吃的都有,什么都有。"他的嘴巴动起来,呼吸也粗起来,妻子怔怔看着,隔了老久,男人打了一个饱嗝。她的手钻进丈夫的粗麻衣服,贴着肚皮,肚子鼓胀,一压,只是有些软,腹内聚着一团气,又一压,一股气冲到喉咙从嘴巴里"嘶嘶"地泄出来,肚子马上瘪了下去。女人缩回手,呆呆看着死去的丈夫和老父,转眼到地上的孩子,孩子滚了一个身,要爬起来,又瘫在地上。和尚走过去,抱起孩子,搂在怀里,坐在女人对面。

和尚双手合十,念起经来,每吐一字,声音在屋里荡来荡去,孩子嘴巴嘟起,好似在吸食母乳,没过多久像是睡着了一样,和尚把他放在床上。女人木木地斜靠在木壁上,突然倾下身子,捏住和尚的手,说:"我要吃——"

和尚闭上眼睛,又念起经文。

"大师,我怎么什么都看不到?什么都看不到。"

和尚说:"见到有光的地方就往那儿走。"

女人说:"没有光,哪里都是黑乎乎的,我什么都见不着。"

她把和尚的手攥得更紧,幽幽哭起来,这哭声像是经地府传出来的一样。到最后,她头上渗出汗来,疯了一样,在无尽的黑暗里张嘴撕咬起来,和尚自觉不妙,急起来,要挣脱她的手,然而这手已经死死缠住了他,女人终于咬住了什么,一口下去,牙齿都快崩断,和尚大叫一声,挣出手来,女人抬起头来,嘴里叼着一根手指。

"大师,我吃到了,"她用舌头把断指卷进嘴巴里,"嘎嘣嘎嘣"嚼起来,咽下去。

天光素白,没多久,薄薄的阳光落在女人的脸上,醒来时她分不清是在阴间还是人世。饥饿令她焦灼,已死的丈夫和公公都硬硬地躺在床上,摇篮里的孩子在日光照下,脸色更加苍白。和尚不知何时走掉,想再吃一回鬼宴是绝不可能的了。

# 荒　庙

## 一

下了一阵急雨，瓦片盖顶的破庙上笼着一层薄薄的雾，旁边一块石碑，上面刻着几个精古的大字，指示着这是辰州与辰溪两县的分界地。

雨住后，一个老农人携着他的孙子在石碑前的神龛下烧着香纸，祈求风调雨顺，田里的秧苗能吃得上水，到收割季节谷粒饱满。由此处过辰州去的山路上来两个人，见到祭神的老人和他的孙子，又见到地上放着一只煮熟了的簸箕装着的腊猪头，就拔出刀，喝走了祖孙二人，端走腊猪头进了破庙，用刀片了拎起来一块块吃。

天色已黑，俩人睡在破庙，忽听一个人说："哥，我听到马蹄声了。"

"哪有？白日那几个衙役瞧把你吓得。"

"我说偷点银子便是了，你非得谋了人家的性命，还要奸了人家小姐，害得咱俩四处奔逃，有银子也不敢往那酒楼使，晚上还得藏在这破庙过夜。"

"嘘——别出声。"

大哥耳朵也贴了地，只听到马蹄声"哒哒哒"，一步一脚，走得极慢，没走几步声音就停下来，破庙外的门"咯吱"一声响，荡进一个戴着斗笠的黑色人影来。兄弟俩掀了身上盖着的稻草，摸了刀，从地上跳起来。那人并不说话，摸出身上的火折子，把供台上的一盏油灯燃了。微黄的灯光照着那人的脸，他把头一抬，离了油灯，脸上又是一片朦胧的黑。大哥陈无之挺了刀，问道："是要拿哥俩的赏钱来的吧！"

来人把斗笠摘下来，要往供台上放，又拿起来，说："可别让血污了我这新买的斗笠。"便把斗笠依着破庙的一根大柱子放了。

陈氏兄弟听了这话，鼓了眼，陈无之没再多话，横了刀，跳出去，突然只觉脖子缠了一圈冷气，噎了一声，一股血溅熄了供台上的油灯，他要说话，声音没从嘴巴而是从喉咙里漏了出去，几个字有些哑，没人听得明白，跟着身子就坍在了地上。二弟陈有之木在那里，咽了一口唾沫，双膝不自觉地软了下去，刀松落在地上，"叮啷"一声响，他便跪倒在地上，抱头呜咽起来。那人收了刀，捡起依柱放着的斗笠，盖在头顶，走了几步，把一根手指往油灯里轻轻一蘸，抹在伸出的舌头上，蹲下来，说："你哥的血还浮在油上，等上片刻，它自己就会沉进去，灯要到那时才能点燃。"

没隔多久，他摸出怀里的火折子，燃了油灯，捏在手里，探在陈有之的脸下，把他的脸慢慢照得抬了起来。他冷着脸说："我不是来提你的头去领赏银的，"顿了一下，又说："你兄弟俩便是将安府老爷杀了都不与我相干，怪只怪你大哥……"他停下来，回想起那夜的情景，闭了眼睛，缓缓睁开来，眼角有一点湿。

陈有之渐渐睁开眼，透过火光望过去，眼前一张木偶似的脸吓了他一跳，他惊恐地鼓了眼。那人站起来，背了身，走出几步，忽而又抽了刀，反手一刀，陈有之用手捂住脖子，只觉手上热而湿地流了一片，片刻便冷了下去，倒靠在供桌之上，倾落的油灯的灯芯在地上闪着火光，炸了一个火星，熄了下去，破庙里只剩下漆黑和死寂。那人出了门，跨了马，"哒哒哒"消失在黑色的荒野里。

安府被盗和管家被杀一案在辰州城里闹得沸腾，碍于脸面，安老爷省去了自己女儿被贼人奸污一事，只说可恶，又说失些银子算得了什么，可怜跟了自己半辈子的老管家给贼人害了性命。知县陪坐着，连连点头，唯唯诺诺，说一定重力缉拿凶手。贼人的画像满城贴了，悬下重赏，活捉五百，提首三百。

村落家家都在车水捣米。洪溪村二十五岁的张守一先前做着屠户的营生，杀一只猪，肩到城里卖，比起种地要划算不少。只是这两年，他母亲害了重病，躺在床上不能行动，费了不少医药钱，也荒了杀猪卖肉的生意，又没租得几亩地，眼下连吃食都快断了。她的母亲躺在床上，见儿子端了药来，从床上支起身子，"儿，是娘拖累了你，"她叹一口气，望着碗里黑色的药汤，"病死随了你老爹去，什么都干净，一了百了。"

张守一舀了勺药汤，吹一口气，说："只怪儿没本事，不然送进城里寻个好大夫，诊治些时日，开些好药来，怕是早给治好了。"

他娘说："城里的大夫咱们乡下人可瞧不起，那药也不是我们吃得起的，一包药，顶得上几箩筐谷子。"

张守一喂给母亲一勺药吃，又想起什么，说："我今天进城问张大夫要了张单子，就是前两年我卖肉屠案旁的那家药店老板，是个极好的人，晌午过了我就照着单子去山上采药。"

眼　戒

他娘不说话，吃了几口汤药又躺在床上。过了晌午，张守一扛着锄头上了山，除了采药，他还要在山上寻一点晚饭的吃食。太阳慢慢西落，张守一只采到几味药，吃的可是什么也没有，他饿得乏力，干得焦渴，一阵风吹来，满山的树枝都摇曳起来，泛起一片耀眼的金色光泽。一株茂密的大枫树的枝叶被风压了下去，现出一座破庙的檐角来。张守一想起这座破庙来，儿时常随母亲来这里烧香，只是后来庙里的几个和尚不知为何一个个都散了，留下一座空庙。他想，和尚虽然走得干净，但是菩萨还在，不如去拜一拜，恳请佛祖发下慈悲，救济一下眼前的困难。

他沿着山道往荒庙走去，到了庙前，朱漆早已剥落，瓦楞上长着野草，柱子雨淋虫咬腐蚀得厉害。他推开门，一股浓烈的血腥味扑面而来，只见地上躺着一个人，供台上趴着一个。他转了身，正要夺门而逃，地上的那张脸忽然刻在了白日在城里见着的悬赏榜上。他转了身，慢慢蹩进去，蹲下来，捏起地上的刀，翻转了陈无之的脸，又用刀挑起供桌上陈有之的脸，左右瞧了，静下来，呆靠在供桌旁，嘴里念叨起榜单上的几个字："活捉五百，提首三百。"他举头一望，吓了一跳，泥塑的佛像怒睁了双眼，俯视着他。他跪在供桌旁，对着佛像，双手合十，叩了一个头，抬起来，说："我佛慈悲，陈氏兄弟在城里犯了命案，自是该死，常说生死有命，我如今也是被逼迫得无路可走，要拿了赏钱，进城为我娘治病，还请佛祖原谅我的罪过。"

他站起来，将陈氏兄弟横在供桌上，摸着手中的刀刃，烙铁似的发烫。他吸一口气，下了决心，杀猪剔骨，手法极其熟练，卸了陈氏兄弟的脑袋，又剥了他们的衣裳，裹了，左手一颗，右手一颗，提着奔下了山。

回到家中，他在竹管接的山泉水下搓洗着手，闻一闻，还是有一股怪味。他换了身体面衣服，走到母亲的卧房，说："娘，我要上趟城里，今天是回不来了。"

他母亲正缝补着裤子，针在头上擦了一下，低着头问："有什么急事？"

"明天你就知道了。"

张守一提着陈氏兄弟的脑袋，搭了最末的船，进了辰州城。沿路撕了一张贴着的陈氏兄弟的悬赏榜，一径往府衙走去。几位衙役拦下了张守一，张守一递了榜单，扬了手说："烦请知县大人辨一辨我手中的这两颗脑袋。"

那衙役听了这话，不敢耽搁拦阻，跑去内堂，禀告了知县。知县欣喜过望，又冷下来脸，对衙役说：

"待我先瞧瞧，若没错，你就快马去安府把安老爷请过来。"

衙役跟着知县走了出来，知县命人把两颗头颅放在案桌上，张守一解开裹着的布，知县眯了眼睛，又慢慢睁开来，踱了几步，弓身低下头，上下左右瞧了一番，确信无疑，挥一挥手，说："把安老爷请过来。"

衙役领了命，从后院牵了一匹马出来，骑了直奔安府。

二

安老爷听来的衙役说，陈氏兄弟给人逮着了，便问是死是活，衙役回说，身子都不曾见到，只提了两颗脑袋来领赏。一听死的，安老爷就松下心，命人抬了轿子，拱身进去。到了县府，安老爷从轿子里钻出来，望了眼前站着的一干人，又见到案桌上那两颗脑袋，闭了眼，纳一口气，徐徐吐出来，知县迎上前，觍着笑脸，说："请里面坐。"

大厅燃着几根尺把长的蜡烛，桌上铺了些时鲜的瓜果，又摆了红枣和瓜子、板栗以及一些杂色糖，厨子炒了几样菜，依次端了上来。张守一被请坐在知县身边，他作了揖坐下，见着桌上流油的肉，腹中一阵痉挛，自晌午过后，他只喝了一瓢水，别的可是什么也没吃。知县给安老爷斟了一杯酒，安老爷扬了手，说："把这酒让给这位侠士吃，我吃茶就是。"

安老爷把酒杯递过去，张守一将酒接在手里，谢了扰，知县便自己斟了一杯，安老爷斟了茶，抚着杯盖，问道："阁下是哪里人氏？现今又做些什么？"

张守一正夹了块肉要吃，听了安老爷的问话，又松了筷子，回了手，把筷子停在碗上，安老爷见了，说："吃吃吃，你们侠义人士，不必拘泥这些斯文礼节。"

张守一又捉起筷子，夹了一块肉，嚼了几口，吞咽下去，喉咙一鼓，肉进了肚子，他驴子推磨似的想了一圈，若说自己是个杀猪的，听起来不雅，别人也不信服，如今只消胡乱诌得一个，含含糊糊说了，领得赏钱，不离谱就是。他也不说自己哪里人，学着官腔只说："在下乡野人士，幼年随一个师傅习过几年拳脚刀棍，如今只是在乡间虚耗日子。"

安老爷"哦"了一声，啜了一口茶，那知县吃了一杯酒，说："乡野出高人呀，那陈氏兄弟可不是什么善人，那日我的几个弟兄去缉拿，眼看就要把他俩逮着了，哪想到头来还伤了我两个弟兄。"

安老爷问道："还未请教高姓？"

张守一说："敝人姓张。"

安老爷说："原来是张侠士，百家姓中，张是个大姓，自古及今，出的人物可谓不胜枚举，"他顿了一下，又说："张侠士能一人独取他兄弟二人首级，身手本事可见一斑呀，来，老朽以茶代酒，敬侠士一杯。"

张守一忙端了酒杯，举着，一饮而尽。知县也斟了酒，说："能为辰州除去两害，我这个地方父母官也敬侠士一杯。"

张守一酒量浅薄，那一杯还在肚子里火烧火燎，这一杯又上来了，他想，如若吃了几杯酒就吐了，脸面难堪，可实在污了侠士的大名，于是倒酒时，手掌掩了壶嘴，细细倒了一浅杯，站起来，说："知县大人客气，侠士之名愧不敢当，您同安老爷叫我小兄弟便是。"

知县听了，说："年轻人谦虚难得，那我就叫你张兄弟。"

两个人坐下来，安老爷身子凑上前，问道："张兄弟，敢问除掉那俩贼人是一番怎样经过？"

张守一吃了几杯酒，有了一点醉意，正要渲染一番，又冷静下来，怕话搂不住话，漏了破绽，一字一句都要经脑子滤一遍才出口，说："那天我上山采药，途经一座荒僻古庙，那庙破败不堪，和尚早些年都走得干净了，外面的日头大得很，我就进了庙乘凉。"

好像一股冷风刮了过来，张守一浑身哆嗦了一下，捏了酒杯,要喝口酒热热身子,酒杯到嘴边,倾了才发现是空的,他也并不斟酒,把酒杯捏在手里,继续说:"那庙确实凉快,阴冷,我就进去寻了一个位置坐了下来。我有些累,拥着身子很快就睡着了。没隔多久,不知谁在外面说话,把我吵醒了。"

安老爷一听到"有人说话"几个字,额上就沁出一层细密的汗,生怕自己女儿的丑事被他听了去,便问:"那俩贼人可都说了些什么?"

张守一把头向了安老爷,瞧着他,眼神凄迷,想到自己编的这番话,突然怪笑了一下。安老爷被张守一这突来的怪笑弄得浑身极不自在。张守一说:"隔得远,听得不甚清楚。"

安老爷心想,果真是这样最好不过,就怕你在这里碍于我面子,不把它吐露出来,等出了县衙大门,难免日后不传了出去。

张守一又说起来:"他们俩进了庙,门一开,见我躺靠在地上,突然就把刀握在手里,我一看,嚇,这不就是官府要缉拿的陈氏兄弟么,我不敢怠慢,身上又没带刀,就随手捡了一根粗木棍同他们打斗起来。"

知县听了,张了嘴,说:"一根木条就能将他两个人打翻,真真是英雄出少年呀!"

眼 戒

张守一听得这话，笑一下。安老爷心下细细一番盘算，不如给他安排个好差事，以防万一，堵了他的嘴，便说："眼下国家多劫多难，不甚太平，正是用人之际，大一点说，有人要拥兵自个儿立山头大王，流寇盗贼比比皆是，你既然有一番好武艺，不如为咱们辰州也做一点事，出一点力。"

知县听了，接口道："既然张兄弟无别的差事营生，前两日我正折了一名捕快，张兄弟若不嫌弃，何不来我这补了空缺，凭张兄弟的本事能耐，日后飞黄腾达，指日可待。"

张守一想，领了三百两银子赏钱，虽说日子不愁，再做个别的营生，可生意终归是生意，不是什么体面行当。眼下这个机会，常人怕是费几百两银子也不一定买得来，如今空手挣得这个肥缺，差服一穿，腰刀一挎，再不是什么卖肉的张屠夫了。自己本事虽然不大，可比起别的捕头就差了？一番念想过后，也不当面应承，只是说："能为府衙出一点力何其荣幸，只是家里还有一个不能下床的老娘需人照顾，怕脱不得身。"

知县问："还没娶妻？"

张守一说："是。"

"这不难办，"知县命人到库房提了三百两赏银出来，摆在桌上,"这三百赏银够你安排妥当的了。"

这一顿酒直吃到上灯时候,天色已晚,要回洪溪村是不行的了,安老爷说:"过我府上歇上一夜,等明天再走,你有事料理,我也不会强留你。"张守一提了沉甸甸的一包银子,头一回坐上了轿子,一颠一簸,觉得实在新奇有趣,摸一摸褥皮垫子,又揭一角帘子,探出头看着闹市夜景,比起白日来,可谓别开生面,完全是另一番景致了。

三

安府的人听说杀了陈氏兄弟的人随老爷一起回来了,就都一个个从床上爬起来,穿了衣裤,趿上鞋子出去看热闹。安府的小姐坐在凳子上,木木地看着蜡烛火光闪烁着,她母亲走进来,心疼自己的女儿,生怕她一时想不开,寻了短见,这几日寸步不离地守着她,见她这个样子,即便不寻短见,过不了多久时日,怕也要入魔成疯。她曾遇到一个算卜测字的术士,那术士说得含糊,说什么福兮祸所伏,祸兮福所倚,她半日琢磨不通,直到方才见了张守一,又听老爷说,他还没有婚娶,就好像天灵盖里进了一束光,她想,这祸必定是那俩贼人,祸已除,福将至,她拍了一下手,说是了。安老爷自然不同意,她就说:"你还巴着她嫁个王孙公子不成?这个样子,能活得一世命,就是天造的福气!"

还亏安老爷有几个子女,又一想,如若张守一放了这样的事不要,那么其中必有蹊跷,小女儿被贼人污了身子的事他就算不十分明白,也清楚七分原委,趁这个机会也可试一试他,当下也就同意下来,又说:"虽是如此,也不要露了口实。"

张守一在厅中坐着,安夫人携着女儿的手走进来,他站起来行了礼,又坐下去,见安家小姐虽然面容白净姣好,但脸色太过清冷,怕是瞧不惯自己这个乡野山夫。安小姐陪坐在母亲身边,安夫人攥着她一双细嫩无骨的小手,把头向着张守一,问他:"家里可还有什么人?"

他说:"爹死得早,也没兄弟姊妹,就一个害了病的老娘。"

安夫人又问:"怕是年岁也不小了,怎么不娶个女人过日子呢?"

他说:"过了腊月初七就是二十七岁了。家里一个生病老娘,无地无田,只认得几个大字,谁家的闺女愿意受这苦?"

安夫人松了一只手,掐着几根手指,合算起他的生辰八字,笑起来,说:"你这样一个身手了得的后生——

常言道，看人看事不能只看眼前，要往远了瞧，"她凑近了身子，说："眼下就有这么一桩婚事，什么都不要你的，只要你应允。"

张守一纳起闷来，便问："是哪家的姑娘？"

安夫人捏了女儿的手，提起来，说："就是我的这个女儿。"

张守一吓了一跳，想真是时来运转，又去看安小姐的脸，心里软软的，热起来，不知说些什么话。

安夫人说："我这闺女只因前几日那贼人潜到府上来，杀了管家，受了惊吓，面色有点不好，过些个时日便好了。乖巧得很，也没什么小姐脾气。若是你还瞧得过，就择个日子，把婚事办了。"

张守一心里欢喜不过，又不好当面应承，说："这样的大事，我得回去跟我那老娘说说，我自己一个人怕是定夺不下。"

当夜，张守一拥着簇新的被子，无法入眠，想，定是山上古庙里的菩萨显了灵。迷迷糊糊中，只见到一扇朱漆的大门，他叩了叩门上的铜把手，门就自行开启，走进去一瞧，一个老女人在剥黄豆，一看，竟是自己的母亲。

次日醒来，张守一穿好衣服，洗了脸，拱一拱手就要走，安老爷办了几件礼物，送与张守一。他却不过，受了

眼　戒

礼物，就要回乡下料理事务，到了大街上，找了一个钱庄，留下十来两银子，其余都兑了银票。他买了些糕点，称了两斤猪肉，一只母鸡，搭了船回洪溪村去。

到了家中，他娘见他提着肉和鸡，便问："我的儿，你上城里做什么去了？"

张守一说："娘，你饿了吧，先吃些糕点，待会儿我再告诉你。"

他烧了水，烫了母鸡，修得干净，炖起来，又片了肉，和了辣椒放在锅里炒。饭菜整治得齐了，搬了一张桌子摆床边，扶了母亲，又盛了饭，边吃边说，一番轻描淡写。他母亲听完，说："真是菩萨显灵，"又说："大户人家的闺女我们傍不起，只是你现今做了捕快，有了身份那就不同了。"

张守一把母亲带进城，租了一间小庵住着，又请了个佣人照料，安顿了母亲，自己则去县府衙门报到。知县写了人事文书，发了两套差服、一把佩刀给张守一。安府那边的婚事也已定下，办酒席的那天便只安府的人，没请一个外人，县衙的人也不知这个新来的捕快居然做了安府的姑爷。安夫人要把张守一的母亲请到府上去住，她只说住不惯，依旧住在那间小庵里。

陈氏兄弟的首级被悬挂在城门楼上的一根木杆上示

众，历了几月日晒雨淋，只剩下两副骸骨，风一吹，就在杆上荡着。有小孩从下面经过，耐不住好奇，就仰了头去看，看不明白，就问身边的大人，挂着的是两颗什么东西，大人就用手遮了小孩的眼，说莫看天，只望路。

这一天德兴客栈的老板正在柜台前拨着算盘写账簿，眼前黑了一下，老板抬起头，只见柜台外立着一个戴草帽的脸皮黝黑的汉子，帽子压得低，挡着眼睛，那人说投宿，又指着不远处耸立着的木杆，问道："那上面挂着的是两个什么人？"

老板一笑，说："头回来咱这地儿？"

那人说："出了趟远差，才坐船从码头上来。"

老板就又说："难怪，这辰州城里谁不知晓这桩案子？上面挂着的两个人，大的叫陈无之，小的叫陈有之。这年头杀人越货还少了？也没瞧官府逮着几个，怪只怪这两人吃了熊心豹子胆，连安府的管家都敢杀，那是好惹的？县衙发了悬赏告示，就叫一个姓张的年轻人给逮了，听说那人功夫了得，随手一根木棒，就夺了陈氏兄弟的刀，割了他俩的脑袋提到县衙拿了三百赏银钱。三百两，嘀，我这店几年也挣不了那么多，他倒容易。"

那汉子把帽檐掀高了一点，又往那杆子上看，响午的日光直照下来，刺得眼睛发黑，他回了头，挤了挤眼睛，

眼　戒

睁开来,问:"可知那人叫什么名字?"

老板停下笔来,想了一阵,手中的笔又游动起来,在账簿最上的空白处写了三个字,汉子低下头,只见三个骨瘦的细字:张守一。

老板又说:"这人原先只是个乡民,有人说是个卖猪肉的,什么话都传,没个真假,只是他得了安老爷和知县的赏识,谋了个公职,现今在衙门做了捕快。"

汉子呼了一口粗气,问了老板房间的位置,背着包袱踩着楼梯上二楼找自己的卧房,进去就闭了门,隔没多久,又开门出来,也不下楼,在楼上叫唤了老板,要炒几个菜再带壶酒送上来。

次日他结了账,早早到城下河边的文昌码头候船。等了半天,才见河中摇来一只船,沿岸靠了,船夫下船正要往木桩上缚缆绳,他说:"船家,搭我下河到辰溪去。"

船夫依旧缚着绳子,笑一下说:"你看看这天色,它还是麻的,就搭你一个客人过辰溪,来回大几十里水路,得你那点钱,还不够补我耗的力气。"

汉子也不多话,从褡裢里摸出一锭银子,丢在船夫脚边,那船夫见了,捡起来,掂了掂,往兜里一顺,手就解起缆绳来。行了几十里水路,天色早已亮堂,汉子下了船,胡乱在街边买了些吃的,就上了金华山去。

金华山地势高险,那里聚着几县闻名的悍匪,打家劫舍,手段残忍。这里易守难攻,官府清缴了几回,人没抓一个,自己倒折了不少人,这批悍匪成了历任知县头疼的问题,谁也不愿去摸这个烫手山芋,要是上头逼得紧,就差一伙人,敲锣打鼓往那乡下走一趟,说是清乡剿匪,随便逮几个小地痞,见着农户人家圈养的鸡鸭,翻身进去就逮。押了所谓悍匪,又大吹大打往县衙走。砍了他们脑袋,再上书说于何月何日抓捕悍匪几人,顽抗抵命,已就地正法。

汉子走到一座寨门前,叫唤了几声,几个守寨子的喽啰认得他,就开了门。那汉子直走进去,穿过一个幽长的石洞,出了洞,眼前就宽阔起来,几排木屋,他进了边上的一间。里面一个老妇人正躺靠着吃板栗,旁边一个小姑娘咬破掉板栗的壳,就又递给她。汉子用袖管擦了眼睛,跪着说:"舅妈!"抽噎几声,又擦起眼睛。

他舅妈把一颗板栗放在桌上,起了身子,扶了他,问他出了什么事。

"无之表哥他们给人害了性命!"

她怔了一会儿,老眼里渗出几滴泪来,说:"让他哥俩来这里又不听我话,说什么不是一个爹生的,同他那两个弟兄处不下,偏要自己在外面干些个勾当来。不是一个爹生的，还不是一个娘养的吗！都是我的一团肉，硬要分出个什么！"

他又说："可怜表哥他们，到现在一双头还在城门楼前晾挂着。"

他舅妈听了这话，一口气上不来，背后的小姑娘赶忙抚着她的背，渐渐顺了气，通透了，说："我的儿子，只挨得我的鞭子，还轮不到别个！"又问："究竟是怎么一回事？你告诉舅妈。"

那汉子便将听来的细细说了，她舅妈听了，皱着眉毛，说："如今他在衙门做了捕快，动起手来不方便，等你表哥他们回来了咱再商量。"

陈无之兄弟有两个同母异父的弟兄，从小就是两个左撇子，邻居就叫他们大撇子、二撇子，慢慢叫得惯了，名字也随着名气慢慢传开了。他们兄弟两个夹菜使刀用的都是左手，这二人也正是这金华山上的匪首。

四

他们兄弟两个从太常乡回来，只见母亲闷闷在椅子上闭眼坐着，大的就把一只鸟笼提在她耳边，她听到一阵"叽叽"的清脆鸟叫声，睁开眼，笼子里一只金丝小雀蹦来跳去,她阖上眼,努着嘴,说:"关老七怎么舍得把这鸟让给你兄弟两个?"

二撇子嘻嘻一笑,说:"那老家伙肯让才怪,我从厨房提了壶开水,说要给这鸟浇个热水澡洗洗,杀杀身上的虱子,他就把头一偏,说拿去拿去。"

她开了眼,接了鸟笼子,噘着嘴,嘘嘘几声,拉开鸟笼的门,把右手伸进去抓,鸟在笼子里飞来窜去,逮着了揪在手里,回了手,抚着鸟的羽毛,突然用手指夹了它脑袋,使劲一拧。

二撇子愣在那里不高兴,大撇子就说:"娘,你这是做哪样?你说喜欢这只金丝小雀,给你弄回来,你倒好,一下就把它脖子给拧了。"他也负了气,抱了手在椅子上坐了。

她说:"这小东西多惹人喜欢,我拧它脖子,心里痛着呢!"她闭住眼睛,眼角慢慢湿了,继续说:"你另两个兄弟被别人割了脑袋,娘心里可比这痛过千百倍。"

他俩最见不得自己的母亲哭,大的就说:"无之大哥的事我也听说了,我兄弟俩瞒着娘,就是怕娘听了伤心。我和二撇子也早想过,等哪天把仇人的头提来再把无之哥俩的事告诉你。"

她娘说:"你们早有这个想法是最好不过,都是我的肉，少了谁我都舍不得，要是你哥俩遭了别人的歹手，我也会叫他俩拼了命给你哥俩报仇。"

大撇子说："无之大哥他俩手上功夫也不弱，听人说是别人用木棍夺了他们手中的刀，可见那人本事也不赖。"

二撇子鼻子冲出一股冷气，哼一下说："要不是咱哥俩最近被有些事缠得脱不了身，早就上那辰州城去了。"

他娘说："只是听你夹生表弟说，他如今在县衙里做了捕快，有一帮兄弟，动起手来不方便。"

二撇子说："一个衙门，七八个捕快算得了什么，我兄弟两人真要出手，就是血洗了那辰州县衙也不在话下。"

大撇子说："不必闹那么大动静，最好是等他离开府衙，回了家再动手，眼下我派个人去，摸清他的底细住处，再伺机下手。"

他娘想了一会儿，说："那就派你夹生表弟去，辰州他也熟，做事也稳当。"

那个黑脸汉子谢夹生，打扮成一个贩药材的商人又搭船去了辰州。买了几担礼品，挑了往县衙直走进去，衙役拦下，他说找张守一张捕快，要见一见这位英雄。张守一同一帮捕快无事正在后厨吃酒，刚吃到第二杯，就听外面有人叫他名字。他放了碗筷走出来，只见一个黑脸汉子站在大门外，脚边放着两大担礼盒。张守一走过去，问：

"便是你找我吗?"

他正放了眼,上上下下打量着眼前这个杀了自己表哥的大仇人,听张守一问自己话时才回了神,说:"噢——是是是,"又一番打量,脸上堆着笑说:"想不到英雄居然这般年轻有为。我也是刚上城来,听人说那陈氏兄弟叫一个张捕快张英雄的人给逮了,我就买了些薄礼,定要见见这位英雄。"

张守一说:"不过是除了两个贼人,算不得什么英雄,你何必这么客气。"

谢奂生说:"张捕快你有所不知,这俩贼人可把我害得好苦,三年前我贩了一船的药材,不料遇到了那两个贼人,逼我要银子,我的钱都买了药材,只剩下几两碎银子,全都给了,他俩嫌少,来了气,把我的药材一包包都用刀挑破了,抛进了河中,我十年的积累一把水就给冲走了。"他低头叹一口气,又扬了头说:"亏得还有一些人脉,这三年又慢慢把生意做起来了。"

谢奂生说完,摸出些银子,递给旁边的衙役,说:"请官爷们吃点茶。"又对张守一说:"这里面装的都是吃穿用的,一点心意,无论如何一定要收下。"

张守一推辞几番,却不过就收下了。谢奂生就又说:"我给您挑了送过去就是。"

眼　戒

张守一便领着他往安府走，到了安府大门外，谢奂生奇了，这张守一怎么在安府住下了？只听开门的人叫一声老爷回来了，里面走出一个挺着大肚子的女人，张守一连忙上前扶了她的手，说："娘子只管在屋里待着休息，"又转了头对谢奂生说："就放这儿吧。"

谢奂生告了辞，又在城里留了几天，把张守一的行踪和安府都摸得熟了，才搭船上了金华山。

## 五

火坑上架了一口大锅，下面烧着木炭，肝、肠、鸡、鸭，杂七杂八的一锅炖着，"咕噜咕噜"冒着热气。大撇子从铜盆里捞起一块焖烂的大骨，拆着肉吃，满嘴油腻。火坑边围坐着七八个人，吃酒夹菜，只听一个人说："安府这样一个大买卖，做，怎么不做？我们何曾怕过什么人。"他嘴里嚼着肉，声音含含糊糊继续说："就是知府又如何？上了金华山天王老子都奈何不了咱们。"

谢奂生说："那安府尚有几个家丁，瞧模样都是练过的人，咱们此次去，不做没有把握的买卖，再挑几个人手，备上好马。"

二撇子吃了一口酒，红着脸，说："得把那张守一的脑袋也割了,挂在那城门杆子上,让众人瞧瞧他的下场。"

细细商量计划过后,隔了两日,连大撇子兄弟在内,总共十一个人,九个坐船去辰州,另有两个扮成贩马的,牵了十一匹精壮好马,沿着官路往辰州赶去。

他们在城里分头找了客栈住下,天色暗下来,谢奂生藏在安府外面,见张守一坐班时辰过了,回了安府,他又在外面守了些时辰,夜已经很深,也不见他出来,必定是在卧床上睡了,就跑去客栈说消息。月亮当空挂着,照出黑白分明的影子,街上没有行人,摆消夜摊子的也早挑了担子回去歇息了,他们十一个人把马蹄绑了稻草,也不蒙面,手里捏了刀,拍一下马屁股,往安府骑去。

张守一醒来一次,房里还燃着蜡烛,他侧了头,只见安府小姐一双眼睛痴痴瞧着他,他把手在她陡峭的肚子上抚摸着,又滑到了下面,她捉住他的手,微微笑着,把头窝在他怀里,张守一抚着她的脸,手上有一些湿,就说:"娘子,做什么又哭了?"

她捏着他的手,在她眼睛上擦着,说:"我不哭,可我就是这样一个爱哭的人,哭了,又怕你不喜欢。你没来前,我常常发噩梦,睡不着,也只有和你睡一床,才安得下心来,得几个时辰觉睡。"

她张了嘴,要说什么,又哑在了喉咙里,眼睛又湿起来。

那十一个马贼把马远远拴了，碎着步子走得极快，到了安府门外，攀上高高围砌的院墙，跳进去。一个看门的家丁见这一伙人，吓坏了，正要呼喊，只见眼前立着一个人，一声衣裳撕裂的声响，低了头，已见肚子里喂进了长长的刀刃，马匪抽出刀，家丁软在地上，唯一可见的便是天上的那轮月亮，白白的，没过多久就黑了下去，像隐在了乌云里。

他们把挂着的灯笼摘了，踢了厢房的门，安夫人和老爷吓得从床上挣起来，拥着被子，只见破门外立着一伙人，提了灯笼，安老爷问："门外站着的是哪路好汉？"

"金华山上的。"

安老爷一听金华山，知道是一群恶匪，手就抖起来，说："道有道规，你们看中什么，只管拿去，不要伤了我们就是。"

大撇子说："好一句道有道规，"就走上前，把灯笼在他眼前一晃，说："怪只怪你们有个好女婿，杀了我两个兄弟，今日你们安府上下的人，这白纸糊的灯笼，要用你们的血将它染成红纸。"话刚从嘴里溜出去，一道血就溅在灯笼上。安夫人摇着老爷，哭嚷着，忽而想起那个术士的话：福兮祸所伏，祸兮福所倚。眼下她才算是明悟了这句话，后悔不迭，嘴里叫着"迟了，迟了"，闭了眼睛，往那挺着的刀口撞上去。大撇子把刀一闪，她撞了个空，由床上翻身滚落下去，跌在了地上，花白的头发散乱着，又想到自己的小女儿，凄声唤了一声她的名字，大撇子一刀直刺下去，抽出刀来，将刀上的血在灯笼上擦着。

安府自上次遭了一回贼，加了些练过的家丁人手，有几个家丁见这一群悍匪，摸黑躲进后院的柴房堆里。那柴房隔府上有些远路，只听一个家丁说："眼下是万不能出去的，得找个机会溜了，那伙马贼方才进了安老爷的厢房，"他往脖子上比了手势，横着手掌说："怕是早已这般了。"

又一个人嘴里就叫骂着："该千刀剐的马贼，好歹等安府把咱几个人这月的工钱结了再来！偏巧这个时候来，算是白在这安府待了一个月。"

藏在最里面的家丁说："不怕，咱几个只需在这静静躲着，等马匪把他安家的人杀得干净，抢得干净，总归会剩下些什么，没个肉也有些皮毛，还不够抵我们工钱？"

柴房里面不知谁咳嗽了一声，吓得几个家丁滞在那里，粗气也不敢喘，听了半天，断定不是马匪，就轻叫一声："里面的是谁？出来则个声。"

只见里面亮了火，走出一个捏着油灯，披了褂子的人,几个家丁认得他,是在这柴院劈柴烧水的一个伙计,安老爷见他没个去处,就让他搭了木板在这柴房睡。几个家丁舒一口气,就说:"快把灯吹了!"

这个伙计也不吹灯,护着火,走到他们几个身边,蹲下来,把油灯往柴堆里一探,一个家丁来了气,拔了刀,怒了脸,呵斥着说:"再不吹就削了你的手!"

伙计冷着一张脸,说:"你们方才说的我都听得清楚了,"又说:"今晚你们几个就是该死的命,想逃也逃不了的,他们不杀你,就让我动这手吧。"

那几个家丁听得这话,气得鼓了眼,都抽了刀,说:"你一个劈柴的,好大口气!"

几个家丁弓了腰,要出这柴堆,杀了这伙计,走在最前的肚子被那伙计点了一脚,身子痛得痉挛,额上沁出豆粒大的汗珠,松了手中的刀。伙计手一伸,接了他的刀,又把灯和刀左右一抛,接住了,调了手位,一刀劈下去,几根小柴齐齐断了,最前的家丁脖子一斜,倒了下去,那几个家丁见了,把柴使劲往外推开去,大的小的,长的短的柴火顿时乒乒乓乓四散开,那伙计跳闪开来,三个家丁拿刀冲过去,他用脚挑起一根柴,一蹬一踢,那柴横在几个家丁腿前,趔趄一下,三个人绊倒在地,伙计尖脚一跃,落在他们身后,一刀在他们脖颈上流水一样划过去,三个家丁脖子一挺,耸了一下肩膀,顿时携手上了黄泉大道。

张守一听到外面的叫喊响动,把挂在壁上的公刀摘了,走出去,只见一伙人正迎面走来,月光照在他脸上,照出了他的身形轮廓,谢奂生叫一声说:"他就是张守一!"几个马匪立了脚,横着刀,不敢大意。

张守一听这声音有些耳熟,借了对面的灯火细细一看,发现那人正是前些日子说感恩自己的药材商人。见他们来得凶恶,也不知什么原因,就问:"你们究竟是要做什么?"

谢奂生说:"你对那陈氏兄弟做了什么,我们便要对你做什么。"

张守一知道大不妙,定是那陈氏兄弟的家人来寻自己的仇了,如今性命是不保了,又想,这荣华富贵,真是如流水一样,来得快,去得也这么快,还要搭进自己的命。把自己在破庙一事说了,他们断然不会相信,反倒讥笑自己是个临阵怕死的人,编得这样一个鬼话出来,自己生死有命,只可怜了安府的小姐以及未出世的孩子。

他便说:"要寻仇的就赶紧上来!"

大撇子和二撇子一听,对着其他人说:"你们先不出手,让咱哥俩会会他。"

说完，把灯笼交给别人，两个左手捏刀，上了前。张守一也紧捏了刀，见他兄弟俩还隔着自己十来步，就冲上去，一阵乱砍乱劈，大撇子横刀一挡，"呛"的一声，两刀相撞，张守一虎口被震得生痛，手臂发麻，手一松，刀弹飞了出去。大撇子趁势反腿在他背后点了一脚，只见他趔趔趄趄，站不稳，双脚收不住往前跑了十来步才跌倒在地。众人见他这副样子，原以为有番好戏看，不料竟是这样一个不中用的货色，就都哄笑起来，又有些丧气。大撇子见他一点刀法都不会，哪里有本事凭一根木棍夺了自己那两个兄弟的刀，他非常生气，受了羞辱一样，提着刀，走到张守一面前，一脚踩在他背上，把刀架在他脖子上，怒喝道："就你这点本事，说！是怎么把我那两个兄弟害死的！"

他娘子坐倒在厢房门边，看着外面发生的一切，见两个马贼朝这间厢房走来，她退了身子，厢房的门被他们一脚踢开，一个马贼揪着她头发，把她扯到了院子里。

张守一趴在地上，脸贴着地，歪斜着嘴，冷笑一声，像是在讥笑自己。

"定是你使了什么药，加在酒水饭菜里，蒙着我兄弟让他们吃了，是不是！"

他见张守一不说话，咬着牙，用刀尖触着他的脸，说："再不说，便将你的脸一刀刀划得稀烂！"

张守一梗着脖子，嘶喊着："杀了我！"

他这句话一说完，看到了她娘子脚上穿着的鞋，就闭住眼睛哭起来。大撇子气不过，一刀，在他脸上划了一道口子，骂着："没用的东西！我先刺穿你老婆的肚子，再结果了你！"

就在这时，背后传来不知谁的说话声："你那两个兄弟是我杀的。"大撇子别了头，只见院墙上坐着一个人，他跳下，稳稳落了地，说："是我在破庙杀的，我原本不准备杀的，"他瞄一眼安小姐，又说："等他俩从安府逃出去，我又后悔了，还是决定把他俩杀掉。"

他看着地上的张守一，说："不知怎么就让他发现了，割了他两兄弟的头，去县衙拿了赏银。这个人，你们杀了吧，杀完了，我再杀你两兄弟。"

大撇子不知眼前这个人来历，二撇子上前，说："哥，他口气傲得很，咱先把他给收拾了。"

大撇子点了头，松了踩在张守一身上的脚。这时候起了一阵风，要下雨了，月亮隐在了密布的乌云里，又是一阵狂风，把地上的沙尘树叶卷起来，满院飞着，七八扇开着的门被风刮得"啪啪"响，众人用手掩着眼睛，提着的灯笼也被风吹得荡起来，熄了火。

大院里伸手不见五指，只听到三把刀碰击在一起，发着不同声音，炸出火花，什么也瞧不清。没隔多久，打斗的声音不见了，一个闪电下来，照得院子里犹如白天一般，个个伸长了脖子，又马上缩回来，只见大撇子兄弟两个叉着手脚躺在地上。这一群马贼失去了头目，慌了，谢奂生发一声喊："咱们九个联手把他杀了！"

后面一个人说："眼下太黑，动起手来，吃亏的是咱们，别自己人伤了自己人。"忽而听到院外一声马的嘶鸣，不知是谁已趁了夜色溜了出去，骑马跑了，几个人咒骂起来，里面一个人说："这次是他们兄弟的私仇，我看——咱们不相干的人还是走了吧。"

谢奂生听见这句话，来了气，循着声音一刀扎过去，这一刀砍在说话这人的肩膀上，他"啊"了一声，抽出刀，要劈谢奂生的手，不料谢奂生已经回了刀，那一刀劈下去，劈在另一个人大腿上。人群里顿时乱起来，以为是那人杀了过来，也不顾同伴，各自使刀，护着四周，刀声交错，传来几声惨叫，慢慢就有人杀出去，一个个散了，逃到了院外，摸了马，跨上去，一溜烟跑远了。

## 六

雨落起来，伙计把瑟缩在地的安府小姐扶起来，她指着一间厢房，硬着脸，嘴唇翕动几下，说："扶我到那里面去看看。"

进入房里，只见自己的父亲歪了脑袋，躺靠在床上，床上的褥单发红发黑，母亲趴在地上，蓬着的头发盖着脑袋，地上浸着大摊血渍。伙计松了扶着她的手，她的脚抖起来，眼看要软下去，伙计就又扶住了她。呆了片刻，她挣掉伙计的手，撑在桌子上，喉咙抽咽一声，就哭起来。

"爹——"她把一只手伸着，要摸什么，又唤一声，"娘——为什么会这样，为什么！"

张守一趴在地上，听到房中传来几声痛苦的凄叫，慢慢从地上支起身子，往那房间挪去。门外响动了一下，她慢慢转了头，见张守一靠在门上，如今他在她眼里只是一个怪物，什么除了陈氏兄弟的英雄，只是一个贪图名利又毫无本事的乡下人，若不是他，自己的父母也不会身首异处，她闭住眼睛，又慢慢睁开来。张守一见到自己妻子看他的眼神，吓了一跳，这恐怖的眼神使他永远也没法忘记，她咬着牙，叫喊着："杀了他！"

那伙计听到她的这声叫喊，脸上也骤然失了色。她非常无力，又闭眼哭着，片刻后站起来，扯着伙计的袖子，哀求说："带我走，请带我走！"

伙计怔在那里，俯眼看着她，搭住她的手，拉她起身，他望了一眼外面，黑黢黢的，此时雨声也小得听不见了。他搂着她，走出了厢房，又出了大院，消失在暗黑的夜色中。

天色渐渐亮了，安府的大门敞着，街上过往的路人见到里面地上躺着几个人，就大着胆子走进去一看，白白的一张脸吓得路人一大跳，连声叫喊着："出人命了，安府出人命了！"

没隔多久，知县和一帮衙役捕快就赶了来，见到地上许多尸体，探一探鼻息，都是冰凉的，又往各处卧房寻了看，家丁、丫鬟、长工都已死了，到了安老爷的房间，只见张守一瘫坐在门口，脸上一条裂开的肉沟，整边脸浮肿着，红了眼，不知生死。一个捕快把手指触在他鼻孔下，有热气，喊起来："是活的！快背了去寻大夫！"

像做了一场累极了的梦，张守一醒过来，嘴唇干涩，扬了手，说："水。"

眼前姓吴的一个捕快见了，忙端了一碗水，递在他嘴边，他抓了碗，仰了脖子，一气喝着，声音大得可怕。知县听闻张守一醒了，赶过来，问："张捕快，到底发生了什么事？整个安府上下，只剩下你这么一个活人了！"

张守一听到这句话，嘴里呢喃着"只剩我一个人了"，一阵凄苦之味涌上来，眼睛渐渐变了色，嘴角浮着一丝怪异的笑，转瞬又消失了，他说："安府一个烧水劈柴的伙计，联合一伙盗贼来洗劫，我一个人，本事终究有限，他们杀了我的丈人，又杀了我的丈母娘，我脱不得身，只能任由他们杀了。"

他把手遮着脸，一副痛极了的样子，又抬起脸来说："斗着斗着，我的脸上便被割了一刀，我摸一把脸，手都是湿的，拼了命，把这帮贼人的两个头目给杀了，他们见到领头的死了，怕起来，人心散了，又见我发疯似的砍杀，不敢近身恋战，那个烧柴的伙计把刀架在我妻子的脖子上，几个人慢慢退出去，挟着她骑马跑了。"

知县坐在一张桐油漆过的椅子上，双手扶着膝盖，说："你杀的那两个马匪头目便是金华山上的匪首大撇子和二撇子。"外面一个衙役急匆匆跑进来，朝屋内环视一圈儿，瞄了一眼张守一，马上又看向知县，禀告说："大人，师爷说账目出了些纰漏，要您马上过去一趟。"

知县站起来，背着手，转了一圈儿，说："你在这里好生休养，不要想太多。"说完就随衙役一起往县衙走去。

## 七

知县进了府衙大厅，却不见师爷，只见坐着的仵作站起来,说:"大人,账目没有纰漏,是我要他这般说的,"手往内堂一引说:"随我进来一趟。"知县随仵作走进内堂,不耐烦地说:"什么事要弄得这么神神秘秘?"

仵作嘴巴附在知县耳边,眼睛瞅着外边,细声说:"有一件事,十分蹊跷,干系重大,您还得随我去一趟验尸房。"

知县同仵作走进验尸房,只见里面停着安府命案中死掉了的几个贼匪的尸首。仵作揭开大撇子、二撇子身上盖着的白布,指着两兄弟脖颈处一道双钩刀伤说:"这一道脖颈上的双钩刀伤,我做仵作二十年,只见过两次,"他仰头冥想说:"上一次还是三年前,也就是大人您上任就职的前一年,咱们县文昌码头的一户船家,一家四口人,一夜之间惨遭灭门。后来我在检验尸体时,发现那夫妻两人的脖颈就有一道双钩刀伤。"

他把一册卷宗拿出来,说:"这一册卷宗,里面记载着三年前的这桩命案,"又指着上面的一个双钩图案说:"这个图案,便是我当年照着那对夫妻的刀伤亲笔绘录的。"

知县抢过卷宗,看了上面的图案,又比着大撇子兄弟脖颈上的刀伤,抬起头来,说:"张守一。"

仵作说:"大人也怀疑这俩贼人的刀伤出自他之手?"

知县哼一声,说:"用不着怀疑,他自己都承认了。"

仵作说:"那这三年前的这桩命案,除了他,怕是再找不出第二个人了,就算同门同宗的刀法,不同的人使,这刀伤总会有些出入,可是这两个贼人的刀伤同三年前那对夫妻的刀伤,绝不可能出自不同人之手。"

知县跟仵作又叙说了半天,之后把伍捕头也叫了过来,伍捕头先是惊骇,继而皱眉,最后苦脸,临走时笑起来,拍胸脯说:"这件事包在我身上。"

张守一先是杀了陈氏兄弟,继而又灭了金华山上的匪首,何等威风,锐气早就盖过了伍捕头。有一次伍捕头在茶楼吃茶,就听人讲起张守一,那人说:"咱们县的张捕头……"

"张捕头"这个叫法扰了他吃茶的兴致,把一壶茶全倒在一只大白瓷碗里,像渴极了的人喝掉一碗白开水。听到知县说要拿了张守一拷问,出谋划策,他也就格外卖力。

一日,张守一正面对着一枚古铜镜,给自己脸上的刀伤搽些消肿通脉的膏药,那知县提了些新鲜果子进来问候,又从怀里摸出一张纸,就说:"安府的案子,如今还需你写一份鉴证,将当日情形一一写了,我也好了结此案。"

眼 戒

张守一寻来笔墨，他虽没进过学，但也读过几年书，知县帮着研墨，边研边看他写，见他写到"与贼人搏斗，刀杀金华山匪首大撇子、二撇子于大院之内"这一句时，就怪笑一下。待他写完，知县又过一遍目，掏出一个装着朱砂的小瓷碟，扯去封在上面的一层油纸，说："再捺个手印。"

伍捕头设下一个鸿门宴，说兄弟们要为他洗秽接风。几个捕快在衙门的厨房里吃肉喝酒，张守一推说脸上有伤，喝不得，却也被灌了个半醉，正酩酊之际，后面一根粗麻绳就把自己套了。几个捕快将他五花大绑，押到审讯的大厅。那张守一跪在地上，只道自己败露了，知县拍了惊堂木，问他："三年前七月初四，你在辰州城里干了什么事？"

他想一下三年之前，不记得是在卖肉还是杀猪，便说："记不清了。"

知县说："记不清，就让我来替你说，三年前的七月初四，你将文昌码头做船运生意的一家四口杀了一个干净！"

张守一惊出一身冷汗，急急辩驳："没有的事，绝不可能！敢问大人凭什么断定是我杀的？"

"凭什么？那夫妻二人脖子上的刀伤与你杀掉的大撇子兄弟两个脖子上的刀伤一模一样！本县真是走了眼，竟将你这样一个人，"他顿一下，"真个是引狼入室！"

张守一就想到那个伙计，定是他三年前犯的这一桩命案，如今揽在自己身上，又想到自己亲笔写的那份鉴证，真是有苦难言，他只得说："凭几处刀伤你就要定我的罪吗？"

知县骂道："混账东西！由不得你抵赖！给我枷了，杖到承认为止！"

那张守一杖昏了过去，衙役浇一瓢水，又扬了板子要打，他就把手一挡，死下心来，说："是我杀的！"他回想起破庙的陈氏兄弟，又想到安府上死的那一干人，以及素未谋面的三年前船上的一家四口，耳朵里响起妻子来自地狱的叫喊声："杀了他！"

他仿佛受了这一声命令的驱使，挥起刀，杀了陈氏兄弟，杀了安府的马贼，杀掉了自己的岳丈，杀掉了家丁，杀掉了河边的一家四口，杀得眼睛通红。他狂笑起来，笑着笑着就哭起来，到最后不哭不笑，对衙役说："告诉知县，是我杀的，都是我杀的。"

## 八

十月二十一，风吹得特别冷，张守一的母亲提了一篮子吃的去监牢给他送行。她的病早已经将养得好了，自己能下床后，就辞走了先前请的佣人。那小庵的房主人可怜她，就免了她的房钱。她每日清早磨一点米，做一桶米豆腐，日中就挑到街上，支一个摊子卖。

她到了牢房里，把篮子里的吃的一样样端出来摆在地上，张守一散着头发，盘腿坐在地上吃，吃着吃着就吃不下了。她的母亲用袖子擦着眼睛，见儿子吃不下，就捏了筷子，夹了一块猪肝喂给他。他张开嘴巴，嚼起来。

她夹了一块鸡肉，喂到他嘴边说："菩萨没显灵，菩萨没显灵咧。"说着说着就哭起来："要是娘早点死了，你也就杀你的猪，卖你的肉，不会出这档子事，怎么就闹出这些事来！"

张守一耳朵里响起一阵风声，成千上万的树叶在"哗哗哗"欢叫。"娘，你听到了吗？"他侧耳细听，"吹大风了。"

她娘说："是刮大风了，街上的树叶子都脱光了。"

"叶子都落光了？"他问她娘。

"落光了。"

她拢了拢他的头发，"儿，过了明天，"她想过了明天，就收了自己儿子尸体，雇人拉到乡下，葬在他父亲的坟前，"过了明天，过了明天……"

她嘴里念叨几遍"娘就陪你一块儿"。

"明天,明天。"他嘴动几下,母亲再要给他喂吃的,嘴巴再不张开。隔了一阵,她就收了地上的剩菜,提着篮子回去了。

十月二十二,血红的日头正中挂了,刑台上跪着几个人,刽子手端一口大刀,把第一个人的脑袋摁下一点,到了时辰,大刀一扬,刽子手发一声喊,落下刀去,刑台下看的人就立马闭了眼,脖子一缩,睁开眼来,那颗人头还在地上滚。隔得近的人怕血溅到自己的身上,就往衣服上看,见是干净的就松下心,就又看着刽子手要如何把刀抹在第二人脖子上,几个胆子大的人,想这回可绝不闭眼。

轮到张守一前一个人时,张守一只低头呆滞地看着地下,"咚"一声闷响,一颗脑袋滚落在他脚边,那脑袋睁着眼睛看他,他挣着身子往后挪,一只大手扯住那颗脑袋的头发,抓起来往旁边一丢,又是几声闷响。

他抬起头,看着刑台下的人,那一双双眼珠子都盯了他看,像一匹匹饿狼,眼睛闪着绿光,要吃掉他一样。

他闭住眼睛,刽子手平端着一碗水,递到嘴边,正要喝,碗不知怎么就碎了,手里捏着小块破瓷片,听见一声脆响,跟着眼前一黑,仰身跌翻在地,一只眼睛被一颗铁珠射成一个血肉模糊的窟窿。

眼　戒

刑台下顿时乱起来，只见六匹烈马踏过来，两个人边骑边使弹弓往衙役射，另有几人挥刀开路，一匹马跳到刑台上，马上的人身子一俯，抓住张守一的手臂，一提，上了马，几个挡着的衙役见马奔过来，还没来得及跳开避让，就被撞翻在地。知县吓得缩在案桌下面，见没了马蹄的声音，才钻出来，只看到南面的大道扬起大片的灰尘。他又往刑台看，先前两个未斩的死囚都不见了，就跑过去找，只见刑台下一个被捆住手脚的人在地上蹬着脚、擦着身子爬，他一脚掀翻过来，见不是张守一，就气鼓鼓地指挥手下人去追截。

守一被人蒙了头，装在粗麻布袋子里，颠来颠去，他们吃饭歇息时，就把一大块肉塞进袋子，渴了就用一根竹管通到他嘴巴，往竹管里灌水。也不知走了多远，马渐渐慢下来，终于听到外面的人说话："你说会是他杀的吗？"

另一个说："这些话轮不到咱们问，师父他老人家自会问个清楚明白。"两句简短的对话之后，又是一路静默。

那六人在石头砌的大宅子门前下了马，宅门口挂着两面木牌，一面刻"镖传四海"，一面刻"信达三江"。他们抬着张守一进了宅子，把他放在光滑的青石铺就的大堂里。解开袋子，张守一露出一个脑袋，往后一挣，大半个身子露了出来。他抬眼一看，只见眼前站着一个老者，身穿一袭青衣,几根黄胡子,两只大眼睛。

"那辰溪的两个贼匪是你杀的吗?"

张守一说:"我要是说不是,你会信吗?"

那老者说:"你便说是,我也不信,那样的刀法,除了他,还会有谁!"

张守一冷冷地说:"我从来就没杀过人,只杀过两个死人。"他眼神呆迷着,又一笑,自语道:"我只是个杀猪的。"

老者有点听不明白他说什么,说:"不管你杀猪杀羊——柳志中现下在哪里?"

他一提到这个人的名字,捏着的拳头就"咔咔咔"响起来。

张守一回了神,说:"柳志中?没听说过。"

"就是杀掉那两个贼匪的人,他又是怎么杀掉那两个贼匪的?"

一个月前,他听消息说辰州县翻出了一件三年前的旧案,便急急差人去打听。

张守一说:"他吗?他先前在安府是个烧水劈柴的伙计。那夜金华山上的贼匪来寻我的仇,后来他就把他们给杀了。"

老者说:"想不到他还敢藏在辰州,这几年找他可找得好苦！他后来去哪里了？"

张守一说："后来，后来带着我的——带着安府的小姐走了，去了哪里，我也不知道。"

老者"嗯"一声，叫徒弟拿一把椅子过来，说："坐着吧。"

张守一坐下去，又听他说："你这条命是我从棺材里取出来的，要把你再放进去可比取出来简单容易。我也不瞒你，他是我的一个徒弟，三年前我让他上辰州给他的师兄师姐送一点礼物，也不知什么原因，他竟将他一家四口都杀了。"

他最忌恨同门相残，何况还殃及两个不足六岁的孩子。三年来，他的徒弟四处打探搜寻柳志中的消息，可是没寻到丝毫踪迹。为了从张守一口里探得一点消息，他不惜让自己的徒弟去劫法场，然而这一次还是不免失望。

他想起什么，问张守一："你方才说他和安府的小姐一起走的？他们俩是什么关系？"

张守一犹豫了，隔一阵子，说："她原本是我的妻子，怪我害死了她爹娘，就跟他一起走了。"

"找两个人总比找一个人容易。"老者站起身，"现今你是个被通缉的逃犯，既然我决心救下你，就不会让官府的人逮住你，只是你万事都要守规矩、听吩咐，要是你自己闹出什么事，不等官府把你架上刑台，在狱中我就会取你首级。过些日子你便随他们一起去找柳志中，找到了，什么事都好办，找不着，那也得找，直找到我睡进棺材。"

张守一留了下来，没隔多久就随人去访柳志中和安府小姐的行踪消息。

## 九

安府小姐安晨灵和柳志中那夜骑马离开安府后，到了辰州邻近溆浦的一个交界小村。安晨灵骑在马上，柳志中牵着马在田埂上走。农民在地里割谷子，田边一个四方形的大谷桶，妇女将割好的稻穗摆在谷桶边，男人将它们合成一束，捏在手里在谷桶的木沿上拍打，脱落的谷子在谷桶里堆得越来越高。

前边的小村庄冒起了炊烟，柳志中掰一块苞谷饼递给她吃，她接过来轻轻咬一口。她只想离开安府，离开张守一，去一个陌生的地方，要去哪里，她不知道。马走出很远，她才注意起带自己离开的这个人。她想，如果自己有勇气，死才是她离开的最好方式。她摸了一把自己隆起的肚子，心里想着等孩子生下来就把他送出去，然后自己就去死。

柳志中牵着马,进了村庄。在一间破旧的木屋前停下来,他把安晨灵从马上抱了下来。听见外面有响动,屋子里走出一个老人,看着门外的一男一女。柳志中说:"还认得我吗?"

那老人定着眼看他,突然就被唬了一跳,小声说:"赶紧进屋来,外头人眼杂。"

他自然认得眼前的这个人。三年前他的儿子在镇上赌博,输光了钱,不甘心也不服气,就在场子里做起手脚,被庄家发现,赌场老板就叫几个小地痞收拾一下他。几个小地痞下手没个轻重,将他打死之后就跑了。他赶来后抱着独子在门外哭,几个公差听说出了人命,赶过来,那赌场老板迎出来,悄悄塞了三两银子,说:"几个小地痞斗殴,打死一个乡下佬。"

老人喊了几声冤,里面就有好心人劝慰说:"老人家,莫哭了,我如今借你头驴,你把儿了拉回去埋了才是正事,别的事,你管不了,也不管用。"

他就拉着儿子往村里去,牵着驴子边走边哭,走到一半遇到一个人,那人见驴上的人遍体伤痕,就问他:"给人打死了?"

他说:"怪只怪他不争气,好赌,给人打死了也好,打死了就不会再赌了。"

那人说:"我走路饿了,身上没盘缠,要到你家讨碗饭吃。"老人不说话,只顾拉驴,他也不说话,只顾跟着驴走。

到了家中,老人端出一碗冷饭,那人就问他:"是哪个赌场的老板将他打坏的?"

老人说:"镇门口,三条路交界的那间。"

那人也不多话,把一碗饭扒干净就走了。

隔了几日,老人正睡觉,半夜一个人窜到他床边,燃了油灯,只见他拎着一颗血淋淋的人头,那人头正是镇上赌场的老板,又一看提人头的人,就是前几日问自己讨饭吃的年轻人。

## 十

那老人关了门,说:"怎么上这儿来了?"又看一眼安晨灵,见她的肚子鼓鼓的,笑一下,说:"你媳妇儿?"

柳志中笑一下,什么也没说。"我只道你这样的人,是个提着死人脑袋都不眨眼的厉害人物,料想不到也要娶妻生子。"老人用火石擦着火,把一个火坑里的松叶燃起来,又拗了几根柴火,把火慢慢烧得大了,"这才是个正经事。"他把一口锅架在上面,用瓜瓢舀了几瓢水倾在锅里,放了瓜瓢,就去鸡笼里揪了一只母鸡出来。水开了,烫了鸡，把鸡毛修得干净，就用刀在砧板上切起来。

他特地把鸡腿切得大一点，吃饭时夹给安晨灵，说："乡下人家，没什么吃的。"

吃过饭，他铺了床，拿了条被子，说："乱是乱了点，将就着睡。"

到了晚上，外面的风啸叫着，鬼哭一样，安晨灵听到这风声，害怕起来。木房子里四处尽是缝隙，冷风钻进来，吹在她头上，头就疼起来。她支着脑袋，靠在桌子上，柳志中问她："头疼吗？"

"嗯。"

"上床歇着去吧。"

他扶着她走到床边，她坐在床沿上，正脱鞋要进被窝，柳志中正要走开，外面又是一阵狂风呼啸，像是许多人齐声铁脸地叫唤她，她一把抓住柳志中的手，问他："你要出去吗？"

柳志中说："不，我就在椅子上坐着。"

她渐渐松了手，柳志中正要迈步子走，她又抓住他的手，说："你就在这坐着好吗？"

柳志中坐在床沿，她脱了鞋子，要把外衣外裤脱了睡觉，又觉得不好意思，只是这外衣外裤已经穿了两天，不脱她又嫌脏睡不惯，柳志中别过脸，她就脱了，钻进被子，露出一个脑袋。

她突然问他："你杀过很多人吗？"

柳志中看着她，说："杀过很多人。"

"那你第一次杀的是一个怎样的人？"

"第一次，"他的手抖了一下，"第一次，是在我十五岁那年，第一次押镖，有几个山匪劫我们的镖车，我就杀了他。"

安晨灵问："那你害怕吗？"

柳志中点一下头，说："怕，刀在他脖子上的时候，我的手抖了一下，等我再看他时，他已经倒在地上了。这之后我就落了遗症，只要逢着敌手，再强的敌手我也不怕，只是杀他们的时候，刀在他们脖子上，我的手就不听使唤，总要抖那么一下子。"

"那日你说陈无之兄弟也是你杀的，是真的吗？"这句话她以前问过张守一，张守一犹豫一阵才说"是我割了他两兄弟的脑袋"。

柳志中说："是我杀的。"

"那你为什么杀他们？"

柳志中不说话。

几天下来，她知道柳志中是个不会说谎话的人，不愿说的他就会用沉默代替。她看着他，希望他能张口，告诉她一点什么。柳志中转眼看向她,隔了许久,说:"我见你哭了。"

安晨灵听他这声回答,眼睛就湿了,她讨厌憎恶起自己,就用被子蒙了头。她和张守一同床共枕的时候,许多次欲言又止,她想将自己的噩梦告诉他,可是终究没说出口,她觉得自己这一辈子都要受这个秘密的折磨,觉得有愧于自己的丈夫,然而当她发现张守一也在守着某个不能言说的秘密,直到这个秘密害得她家破人亡时,她觉得比起自己,甚至比起陈无之都更可恨,那不过只是自己受折磨,可张守一,让整个安府的人,她的母亲、他的父亲都受了血的折磨。

可是她又有一种无力感,如果不是自己的母亲当初一味促成这门婚事,也就不会有后来的惨剧。如果当初没那两个贼人,后面也就不会有张守一的出现,所以真的罪人是陈无之他们吗?他们两个也已命丧破庙,那现在自己该恨谁呢?

她从被子里钻出来,说:"我哭了,干你什么事,你为什么要杀掉他们?"

柳志中突然想到了三年前的旧事,那时候他奉师父的命令,去给自己在辰州的师兄师姐送一点礼物。他有许多年没见过自己的师姐,幼时他常随师兄弟们一起练刀,到后来不知为什么，别的师兄弟都不愿和他一起，他就自己一个人练，只有他的师姐不嫌弃他。有一次她逮住一只鸟，小心地捏在手里，要给柳志中看，那鸟不知怎么用爪子在她手上划出一道血痕，她受了这一抓，几乎要哭起来，松了手，那鸟扑着翅膀艰难地没飞多高，柳志中一跃，一刀将鸟劈下来，把它捧在手里，说："师姐，别哭了，你瞧我把它杀了。"

他师姐看了一眼手中的鸟，就哭得更厉害，跑走了。他原以为师姐会像别人一样再不和他一起玩耍，他非常沮丧失落，然而没隔多久，他师姐好像忘记了鸟的事，又找他一起去河里抓螃蟹。后来师姐和二师兄宋耿明结了婚，结婚没多久他们就去了辰州。有一次师父准备送点礼物给宋耿明，柳志中有几年没见到师姐，就争着要去，师父摸一下胡子就应允下来。

柳志中收拾行李，搭船到了辰州，天色已黑，见到他的师姐，就问："二师兄上哪去了？怎么还不回来？"

他的师姐就哭起来，指着临河一只挂着粉色灯笼的船说："他在里面逍遥快活呢！"

柳志中说："他经常欺侮你吗？"

他师姐点一下头，哭得更厉害，说："你回去千万不要告诉师父他老人家。"

眼　戒

柳志中说:"师姐,这是你的事,我谁都不会说的。"就好像小时候他师姐拿了宋耿明的竹丝小球给他,宋耿明和几个师兄弟见了,便问:"你哪里得来的?"他也不说是师姐送的,他想,这是师姐送我的,你管我哪里得来的。宋耿明说他偷自己的东西,两个人就扭在地上打滚。

他在船上问师姐:"你恨他吗?"

她说:"巴不得他死。"

柳志中耳听水声,说:"师姐,人和鸟有什么不一样吗?你还记得我小时候杀过你的一只鸟吗?你那个时候很伤心,为了那只鸟,七师弟死时你都没怎么伤心,我想有时候人是不如一只鸟的。"

他提着刀,走出船,没过一阵子又回到船上,说:"我把他杀了。"又说:"师父问起来,你便说是我杀的。"她以为他开玩笑,却听船那边人声躁动。她跑过去一看,只见自己的丈夫倒在地上。她跑回来,就从船里抽出刀,两个孩子跟出来,劈刀就向柳志中砍,说:"你怎么就杀了他?你凭什么杀我丈夫!"

柳志中的刀法比起六七年前,大有精进,这几年自从师姐结婚,他自己已没任何别的兴趣,日夜潜心他的刀法。

他见师姐这般,不知怎么就伤起心,只觉得自己突然一下子又变得孤零零的。他并不出刀，只是在船里来回跳闪避让，他跳到两个孩子身前，师姐又是一刀，这一刀斜劈下去，柳志中闪了开来，她只见刀前的两个正是自己的孩子，而刀却收不住了。

她发了疯，哭着两个死掉的孩子，柳志中被她的眼神吓得怔住了，等他回过神，发现刀已经劈向他，无法躲避，他的手一抖，刀尖流水一样在她脖子上逶迤而过。

"见到我哭你就要杀他们吗？"安晨灵又问了一遍柳志中。

柳志中说："那天晚上，我见你在哭，你哭的时候像我师姐。"

"你师姐？她是个怎样的人？"

柳志中看一眼安晨灵，说："我只有她一个人，不过，现在连她也没有了。"

她低下头去，不说话，看着被子上的一朵艳丽的牡丹花出神，柳志中离开床，望着外边黑黢黢的夜色。

## 十一

外面的风小了，安晨灵拥了被子，沉沉睡去，没隔多久，她只觉腹中的胎儿撑着手脚往外爬，她宽开双腿，只见一个婴儿的头露在外面，那婴儿转了头，却是一张陈无之的脸，满面怪笑。她尖叫一声，挣醒过来，额头上湿湿的尽是汗，摸一把肚子，还是鼓鼓的。柳志中躺靠在椅子上打盹，听她一声尖叫，就直起身子，燃了桌上的灯。

她看一眼柳志中，掀开盖在自己身上的被子，又看一眼隆起的肚子，闭住眼睛，抖着身子哭。柳志中拿帕子给她擦汗，她一把抓住他的手，咬了一口，柳志中赶紧抽出手，只见她笑了一声，又笑了几声，慢慢转了头看着他，说："为什么会这样？你告诉我好吗？"

柳志中不明白她在说什么。

过了些时日，安晨灵生下一个男孩，身子恢复了，一天柳志中从山下溪边回来，提了几尾用稻草穿连在一起的鲤鱼，安晨灵突然问他："你是在哪里杀的陈氏兄弟？"

柳志中边刮鱼鳞边说："在一座破庙里。"

"哪里的破庙？"

柳志中停下刀，想了一会儿，说："在辰州跟辰溪交界的一个地方，认得路，不知道地名。"他突然又想起什么，说："你知道张守一是哪里人吗？"

安晨灵说："知道。"

柳志中说："那应当就在他村子附近。"

隔日凌晨，安晨灵牵了马，背着孩子，沿着村庄的小道往外走。柳志中醒来，发现安晨灵和马都不见了，问了木屋的老人，老人说不知道，他就沿路打听。路人只是摇头，他走着走着，突然想起安晨灵昨日问自己的话，就把路旁不知谁的马解了绳子，跨上去，往杀陈氏兄弟的破庙骑去。

张守一访着柳志中和安晨灵的踪迹，一路打探到辰州与溆浦交界的地方。一行人在路边一家米粉店吃粉。老板端了五大碗猪脚粉摆在桌上，又每人发一双筷子。内中一个人捏了筷子，要把碗里的佐料搅匀，他叹一口气，说："这么找下去，不知找到猴年马月，不知这次说的那对陌生男女会不会是他们。"

"是不是，待会咱们都要到村子里去把人看个清楚明白。"

张守一吃了一口粉，只见路中一匹马慢悠悠地走过去，马上一个女人背着一个孩子。张守一又低头吃一口粉，马上抬起头，把筷子往桌上一拍，几个人吓一跳，他说："有眉目了，快随我来。"

那四人就丢下筷子，急匆匆跟他往外面跑。张守一解下拴马的绳子，跨上去，另外四个人也跨了马，五马并在一起，张守一指着前面那匹马说："那马上的女子便是咱们要找的人，只需暗暗跟了她，定能找到柳志中。"

眼 戒

五匹马又前后散开，一路小心翼翼地跟在安晨灵后面。

安晨灵沿路问人去荒庙的路，渐渐到辰州与辰溪交界的这座荒庙来。到了荒庙前，她把马系在一棵松树上，把孩子抱在怀里，想了想，又解了马绳，任马自己走了。荒庙久无人来，杂草丛生，庙门绿莹莹的，上面满长了青苔，她推门走了进去。

他们五人把马牵离了山道，拴在树林里。五人伏在山上，捏着刀，俯视着荒庙。

"不知柳志中在不在里面。"

"莫急。"

张守一趴在草丛里，愣愣看着眼下的这荒庙，不知怎么打了个冷战，一股风漫山遍野刮起来，他好似见到了纷飞的落叶，然而这纷飞的枯叶好像原路飞回了它们各自的枝条，叶子由黄变青，舒展了它们的身子，在日光照耀下，闪着刺眼的光。

安晨灵进了庙里，只见两具无头骸骨躺在供桌之上，通身都是绿色，她退几步，又走上前。她抱着孩子，怀中的孩子见到陈氏兄弟的尸骨，睁大了眼，伸着小手。她跪在佛像之下："佛祖，你眼睛睁得大，你看到我了吗？你看到我抱着的这个孩子了吗？"

她看着供桌上的两具骸骨，说："他兄弟俩是死了，可这又怎样？为何你还缠着不放，要让这许多人受苦！"

她从怀里摸出一把短刀，说："慈悲的佛祖，我要让你看看这把刀它将怎样在你的眼前，让你好生看着它扎进我的身子，让你看看我的血怎样流出，让你看看我死之后的样子。"

怀中的孩子啼哭起来，她低头看一眼，说："这个孩子，我便放在外边，是生是死，佛祖，他的命，生死都交由你。"她站起身，走出庙，只见山道响起马蹄声，一个人骑着马，那马骑得近了，跳下一个人，正是柳志中，他见到安晨灵，问："你上这里来做什么？随我一起走吧。"

话一出口，只见山上跳下一个人，安晨灵圆睁了眼，伸手指着，正要说什么，那人出了刀，挥刀劈去。柳志中觉察到一股风，侧了身子，避闪不及，左肩被劈了一道口子，柳志中挥掌将他格开，拔出刀，却见眼前又多了三个人，围成一个阵势，一个人说：

"志中师哥，跟咱们回去一趟，跟师父他老人家说个明白。"

柳志中不屑道："回去？方才那刀是要取我性命，回去也没什么可说的。"

"那便只有提你脑袋回去见师父了。"

眼　戒

那四人便同柳志中斗起刀来,张守一也捏着刀,只是远远站着。刀声锵锵,像五只鸟在笼子里飞来扑去。

慢慢就有惨叫声传进张守一的耳朵,那五个人在他眼里,又像是一个人分出了四个影子,移动得极快,分不清谁才是真身,只是越来越清晰,影子越来越少,变成三个,两个,到最后像是两个影子合在一起,终于将那个人看得清,只见他提着刀,向自己走来。

张守一木在那里,柳志中向他走来。他不敢拔刀,手犹如磁石一般贴着刀。柳志中拖着步子,越走越慢,快到张守一身边时,脚有些不稳,立着不动,仰天倒了下去,再没起身。

张守一看着地上死掉的五个人,刀已止,可刀声还在他耳朵里回响。安晨灵看着倒地的柳志中,放下孩子,奔进了荒庙。张守一抱起放在地上的孩子,追进庙中,只见她跪在地上,他痴痴望着怀中的孩子,"我的儿子,"呢喃着,又转眼看向安晨灵,眼光柔和了许多,"我们的孩子,你给他取了什么名字?"

她冷笑一声,说:"我们的孩子,哈,你再仔细瞧瞧,瞧瞧他像谁?"

张守一看着孩子,她说:"是不是很像一个人?"

她又说:"我爹娘为什么让我嫁给你,你知道吗?是因为我被这个人污了身子，如今的这个孩子，和你可没半点儿关系。这个人你不记得了吗？你当初可是拎着他的脑袋去领赏的呢。"

张守一又看着眼前的这个孩子，那孩子嘟了下嘴，突然像抱着陈无之的头颅，他圆睁了眼，立马把孩子丢在地上，那孩子摔在地上，因包裹在棉絮里，并未摔伤，只是不住地啼哭。他抬头一看，泥塑的佛像一如他上次来这里时一样，铁脸怒目看着他。他一低头，只见到供桌上两副无头骸骨，惊恐地拔出刀，挥刀砍下骸骨。他听到有人在笑，笑声在荒庙里荡来荡去，他恨极了这笑，循声砍去，那声音一会儿在左，一会儿在右，跟着眼前就浮出陈无之的脸，他喝一声，劈过去；又闪出大撇子兄弟的脸，又是一刀劈下去；浮出安老爷的脸，他也挥刀砍过去。

安晨灵大笑着，他循着这声音看过去，只听她说："快，杀了我！杀了我！"

他咬牙切齿，吆喝一声，劈向安晨灵。刹那间，什么声音都消失了，格外静，格外空，然而没过多久，那笑声又鼓荡在他的耳边，他听寻了许久，却发现是自己在笑。他松了手中的刀，走出荒庙，茫然望着眼前的几条路，不知要往何处去。他一侧头，看到地上五具尸体，又望一眼眼前岔出的几条路。他捡起地上的刀，走到柳志中身边，蹲下去，割了他的头，用衣服裹了，又将其余四人的脸和脖颈划得稀烂。他携着柳志中的头，牵出系在林中的马，跨上去，拍了马屁股，只留婴儿在荒庙里啼哭。

此时山道下上来两个人，一老一小，提着一只竹篮，篮子里装着香纸和一块祭神用的肉，他们来到荒庙旁的神龛前，祈求今年风调雨顺，五谷丰登。

**图书在版编目（CIP）数据**

眼戒 / 水鬼著. -- 上海：上海文艺出版社，2025.
ISBN 978-7-5321-8957-1

Ⅰ．I247.7

中国国家版本馆CIP数据核字第202568WX70号

责任编辑：解文佳
装帧设计：白砚川

| | |
|---|---|
| 书　　名： | 眼戒 |
| 作　　者： | 水鬼 |
| 出　　版： | 上海世纪出版集团　　上海文艺出版社 |
| 地　　址： | 上海市闵行区号景路159弄A座2楼 201101 |
| 发　　行： | 上海文艺出版社发行中心 |
| | 上海市闵行区号景路159弄A座2楼206室 201101 www.ewen.co |
| 印　　刷： | 上海盛通时代印刷有限公司 |
| 开　　本： | 1194×889　1/32 |
| 印　　张： | 9.75 |
| 插　　页： | 2 |
| 字　　数： | 164,000 |
| 印　　次： | 2025年6月第1版 2025年6月第1次印刷 |
| Ｉ Ｓ Ｂ Ｎ： | 978-7-5321-8957-1/I.7054 |
| 定　　价： | 59.00元 |
| 告　读　者： | 如发现本书有质量问题请与印刷厂质量科联系　T: 021-37910000 |